中國童話（上）

呂伯攸 著

呂伯攸（生卒不詳）

中華書局編輯，主編《兒童世界》《小朋友》等少年刊物。曾與畫家、散文家豐子愷和音樂教育家劉質平等文化名人同期就讀於浙江省立第一師範學校，並同為藝術大師李叔同的高足。當過小學教師，熟悉孩子生活，長期從事兒童詩創作，是民國時期一位活躍的兒童詩作者。著有理論專著《兒童文學概論》，是二十世紀中國兒童文學理論批評史上具有特殊位置的代表性人物。

總序一

兒童文學的歷史與記憶

林文寶

大陸海豚出版社所出版之中國兒童文學經典懷舊系列，要在臺灣出版繁體版，這是臺灣兒童文學界的大事。該套書是蔣風先生策劃主編，其實就是上個世紀二、三十年代的作家與作品，絕大部分的作家與作品皆已是陌生的路人。因此，說是經典有失嚴肅；至於懷舊，或許正是這套書當時出版的意義所在。如今在臺灣印行繁體版，其意義又何在？

考查各國兒童文學的源頭，一般來說有三：

一、口傳文學

二、古代典籍

三、啟蒙教材

而臺灣似乎不只這三個源頭，綜觀臺灣近代的歷史，先後歷經荷蘭人佔據三十八年（一六二四—一六六二），西班牙局部佔領十六年（一六二六—

一六四二），明鄭二十二年（一六六一—一六八三），清朝治理二〇〇餘年（一六八三—一八九五），以及日本佔據五十年（一八九五—一九四五）。其間，相當長時間是處於被殖民的地位。因此，除了漢人移民文化外，尚有殖民者文化的滲入；尤其以日治時期的殖民文化影響最為顯著，荷蘭次之，西班牙最少，是以臺灣的文化在一九四五年以前是以漢人與原住民文化為主，殖民文化為輔的文化形態。

一九四五年十月二十五日國民黨接收臺灣後，大陸人來臺，注入文化的熱血液。接著一九四九年十二月七日國民黨政府遷都臺北，更是湧進大量的大陸人口。而後兩岸進入完全隔離的型態，直至一九八七年十一月臺灣戒嚴令廢除，兩岸開始有了交流與互動。一九八九年八月十一至二十三日「大陸兒童文學研究會」成員七人，於合肥、上海與北京進行交流，這是所謂的「破冰之旅」，正式開啟兩岸兒童文學交流歷史的一頁。

其實，兩岸或說同文，但其間隔離至少有百年之久，且由於種種政治因素，目前兩岸又處於零互動的階段。而後「發現臺灣」已然成為主流與事實。

因此，所謂臺灣兒童文學的源頭或資源，除前述各國兒童文學的三個源頭，又有受日本、西方歐美與中國的影響。而所謂三個源頭主要是以漢人文化為主，其實也就是傳統的中國文化。

臺灣兒童文學的起點，無論是一九〇七年（明治四〇年），或是一九一二年（明治四十五年／大正元年），雖然時間在日治時期，但無疑臺灣的兒童文學是屬於華文世界兒童文學的一支，它與中國漢人文化是有血緣近親的關係。因此，了解中國上個世紀新時代繁華盛世的兒童文學，是一種必然尋根之旅。

本套書是以懷舊和研究為先，因此增補了原書出版的年代（含年、月）、出版地以及作者簡介等資料。期待能補足你對華文世界兒童文學的歷史與記憶。

林文寶，現任臺東大學榮譽教授，曾任臺東大學人文學院院長、兒童文學研究所創所所長、亞洲兒童文學學會臺灣會長等。獲得第三屆五四兒童文學教育獎，中國文藝協會文藝獎章（兒童文學獎），信誼特殊貢獻獎等獎肯定。

總序二

原貌重現中國兒童文學作品

蔣風

今年年初的一天，我的年輕朋友梅杰給我打來電話，他代表海豚出版社邀請我為他策劃的一套中國兒童文學經典懷舊系列擔任主編，也許他認為我一輩子與中國兒童文學結緣，且大半輩子從事中國兒童文學教學與研究工作，對這一領域比較熟悉，了解較多，有利於全套書系經典作品的斟酌與取捨。

一開始我也感到有點突然，但畢竟自己從童年開始，就是讀《稻草人》《寄小讀者》《大林和小林》等初版本長大的。後又因教學和研究工作需要，幾乎一而再、再而三與這些兒童文學經典作品為伴，並反復閱讀。很快地，我的懷舊之情油然而生，便欣然允諾。

近幾個月來，我不斷地思考著哪些作品稱得上是中國兒童文學的經典？哪幾種是值得我們懷念的版本？一方面經常與出版社電話商討，一方面又翻找自己珍藏的舊書。同時還思考著出版這套書系的當代價值和意義。

中國兒童文學的歷史源遠流長，卻長期處於一種「不自覺」的蒙昧狀態。而清末宣統年間孫毓修主編的「童話叢刊」中的《無貓國》的出版，可算是「覺醒」的一個信號，至今已經走過整整一百年了。即便從中國出現「兒童文學」這個名詞後，葉聖陶的《稻草人》出版算起，也將近一個世紀了。在這段不長的時間裡，中國兒童文學不斷地成長，漸漸走向成熟。其中有些作品經久不衰，而一些作品卻在歷史的進程中消失了蹤影。然而，真正經典的作品，應該永遠活在眾多讀者的心底，並不時在讀者的腦海裡泛起她的倩影。

當我們站在新世紀初葉的門檻上，常常會在心底提出疑問：在這一百多年的時間裡，中國到底積澱了多少兒童文學經典名著？如今的我們又如何能夠重溫這些經典呢？

在市場經濟高度繁榮的今天，環顧當下圖書出版市場，能夠隨處找到這些經典名著各式各樣的新版本。遺憾的是，我們很難從中感受到當初那種閱讀經典作品時的新奇感、愉悅感、崇敬感。因為市面上的新版本，大都是美繪本、青少版、刪節版，甚至是粗糙的改寫本或編寫本。不少編輯和編者輕率地刪改了原作的字詞、標點，配上了與經典名著不甚協調的插圖。我想，真正的經典版本，從內容到形式都應該是精致的、典雅的，書中每個角落透露出來的氣息，都要與作品內在的美感、精神、品質相一致。於是，我繼續往前回想，記憶起那些經典名著的初版本，或者其他的老版本——我的心不禁微微一震，那裡才有我需要的閱讀感覺。

在很長的一段時間裡，我也渴望著這些中國兒童文學舊經典，能夠以它們原來的面貌重現於今天的讀者面前。至少，新的版本能夠讓讀者記憶起它們初始的樣子。此外，還有許多已經沉睡在某家圖書館或某個民間藏書家手裡的舊版本，我也希望它們能夠以原來的樣子再度展現自己。我想這恐怕也就是出版者推出這套書系的初衷。

也許有人會懷疑這種懷舊感情的意義。其實，懷舊是人類普遍存在的情感。它是一種自古迄今，不分中外都有的文化現象，反映了人類作為個體，在漫長的人生旅途上，需要回首自己走過的路，讓一行行的腳印在腦海深處復活。

懷舊，不是心靈無助的漂泊；懷舊也不是心理病態的表徵。懷舊，能夠使我們憧憬理想的價值；懷舊，可以讓我們明白追求的意義；懷舊，也促使我們理解生命的真諦。它既可讓人獲得心靈的慰藉，也能從中獲得精神力量。因此，我認為出版本書系，也是另一種形式的文化積澱。

懷舊不僅是一種文化積澱，它更為我們提供了一種經過時間發酵釀造而成的文化營養。它為認識、評價當前兒童文學創作、出版、研究提供了一份有價值的參照系統，體現了我們對它們批判性的繼承和發揚，同時還為繁榮我國兒童文學事業提供了一個座標、方向，從而順利找到超越以往的新路。這是本書系出版的根本旨意的基點。

這套書經過長時間的籌畫、準備，將要出版了。

我們出版這樣一個書系，不是炒冷飯，而是迎接一個新的挑戰。

我們的汗水不會白灑，這項勞動是有意義的。

我們是嚮往未來的，我們正在走向未來。

我們堅信自己是懷著崇高的信念，追求中國兒童文學更崇高的明天的。

二〇一一年三月二〇日

於中國兒童文學研究中心

蔣風，一九二五年生，浙江金華人。亞洲兒童文學學會共同會長、中國兒童文學學科創始人、中國國際兒童文學館館長。曾任浙江師範大學校長。著有《中國兒童文學講話》《兒童文學叢談》《兒童文學概論》《蔣風文壇回憶錄》等。二〇一一年，榮獲國際格林獎，是中國迄今為止唯一的獲得者。

目錄

中山狼

趙簡子在中山地方打獵，從人們在前開道，鷹犬們在後巡邏，一霎時，只看見飛禽野獸，有東奔西躥的，有中箭倒下的，在這一片山野間，委實紛亂極了。

這時候，有一隻狼，不知怎樣昏頭昏腦的，恰巧躥在簡子的馬前，簡子便舉起弓箭，向他背上射了過去。不料那隻狼負著創，兀是帶箭向前逃跑。

簡子懊惱極了，便趕著車子，在他後面追趕，定要捉到了他方肯罷手。狼跑了一二里路，便遇到了一位東郭先生；只見他騎著驢子，帶了一袋子的書籍，正在迎面而來。狼一時急極了，當即向他懇求道：「先生，後面正有打獵的人在追趕著我，我的性命已是危險萬分，務請先生行些好事，搭救了我，我將來一定會重重地報答你！」

東郭先生本來是崇奉墨子的兼愛學說的，他看見這隻狼十分可憐，便把那一袋子書籍搬了出來，叫狼鑽進袋子裡去躲著。

東郭先生剛把那袋子放上驢背，哪知簡子帶著人馬，早已追了上來，怒氣勃勃地拔出劍來，在車轅上砍了一下對他說道：「剛才有一隻狼，向這裡逃來，你看他逃到哪裡去了，快快從實告訴我，要是有意欺瞞我，要像這車轅一般對付你了！」

東郭先生忙向簡子行了禮說道：「我出外遊歷，到此正迷了道路，實在沒有心思注意到狼的蹤跡。而且，狼的性質非常貪狠，我也很願意把他除滅，要是看見了，哪有不說的道理！」

簡子聽了這話，倒也相信，便不聲不響地撥轉車子，再向別處去尋找。東郭先生也就趕著驢子，急急前進。

走了一會，狼在袋子裡聽得車馬的聲音，已經漸漸地去得遠了，便叫起來道：「快些，把袋子解開來罷，我要回家去了！」

東郭先生真的便依了他的話，連忙把袋子解開，讓他出來；不料，那隻狼忽然咆哮起來了，說道：「我肚子餓極了，倘使沒有東西吃，必定要餓死了；照這樣的死在路旁，倒不如剛才給那打獵的捉了去，做了貴家的珍饈好得多了。我想，先生是崇奉墨子的學說的，只要有利於人，就是犧牲了自己，也不在乎；請你把身體供我吃一飽，救了我的命吧！」說著，他便張牙舞爪，撲上前來。

東郭先生遇到這意外的驚恐，倉卒間沒法好想，只得左躲右閃的，隔著驢子竭力抵拒，一面卻喊道：「狼負我，狼負我！」

狼笑道：「這並不是我有意負你，實在因為天生著你們，本是供給我們做點心的啊！」

這樣相持著，直到天色漸漸地黑下來了，先生暗想：「天已快晚，正是野獸們出來覓食的時候了，要是他更去引了些同伴來，合力謀我，我怎麼對付得了！」因此，便對狼說道：「你一定要吃我，我也沒有能力阻擋，不過，照著俗例，無論發生什麼疑難的事，都應該取決於三老，現在，我和你去問問三老看，要是三老說你該吃我，我就讓你吃掉好了，否則，你便不應該吃我！」

狼聽了先生的話，心裡很是歡喜，便一同去尋三老。

走了一程，看見有一株老樹，立在路旁，狼便說道：「這樹可算得老了，我們就問問他罷！」

先生道：「草木沒有知識，問他有什麼益處？」

狼道：「試試看，你只要問他，他便會回答你呢！」

東郭先生無可奈何，只得走過去，向老樹作了一個揖，並且把經過的事實，告訴了他，問他道：「照這樣看起來，狼應該吃我嗎？」

只聽得老樹答道：「我是一株杏樹。當初那個種我的人，他只費了一粒核，到了第二年，我就開花了，第三年，我又結果了，直到現在，已經二十年，計算我所結的杏子，已是不少，那種樹人的一家，就是靠著賣去我的杏子換了錢來養活。現在他嫌我老了，結不出杏子來了，便砍了我的枝條，當做柴燒，並且還預備把我的身體賣給木匠鋪裡去做器具哩！你對待這隻狼和我對待那種樹人，有什麼分別！從這一點看來，你是應該給狼吃了！」

狼聽著老杏說完這番話，非常得意，便又張牙舞爪，向東郭先生撲了過去。先生連忙止住他道：「我們有約在先，必須問過三老，現在只問了一老，哪裡可以作準！」

狼沒話可說，只得仍舊跟著東郭先生，再向前走。一會兒，早又望見前面的一隻老牛，狼便對先生說道：「這老牛，也是一老，我們何不就問問他呢！」

東郭先生道：「剛才我便說草木沒有知識，果然瞎說了一頓，現在這老牛，不過是獸類罷了，何必再問？」

狼道：「你不問，是你先破了約，我就吃了你罷！」

東郭先生無可奈何，便又走上前去，向老牛作了一個揖，並且把經過的事實，告訴了他，問他道：「照這樣看起來，狼應該吃我嗎？」

老牛皺著眉，回答先生道：「老杏的話，說得很不錯！你只要看我，在少年時候，氣力很健，天天替我主人到田裡去工作，他們全家的衣食，哪一件不是靠我去掙出來的；現在，我的年紀大了，工作做不動了，主人便把我趕出牛棚，讓我棲身在這荒野地方露宿。並且，聽得女主人說，不久恐怕還要剝我的皮，剮我的骨，去賣給人家。照這樣看起來，狼又為什麼不可以吃你呢？」

狼聽了老牛的話，又是張牙舞爪的，向著東郭先生撲了過去。先生忙懇求他道：「等一會吧，還有一老沒有問過，我們應該遵從約定的話才行啊！」

正說著，恰巧前面有一個老人，鬚眉都很白了，手裡拿著一條拐杖，慢慢地走了過來。東郭先生慌忙迎了上去，跪在他面前，把剛才經過的事，都告訴了他，問他道：「照這樣看起來，狼到底應該吃我嗎？」

老人聽了東郭先生的話，不覺嘆了一口氣，立刻舉起手裡的拐杖，在狼身上打了幾下，厲聲叱責道：「你這畜生！他既救了你的性命，你非但不感謝他，反要害死他，世界上有這種道理嗎？我看，你還是快些走開罷，否則，我要打死你了！」

狼哪肯死心塌地地就走，因此，又花言巧語地向老人辯護道：「他剛才把我裝在書袋子裡，在我身上，還壓上幾部重重的書籍，使我連氣都透不過來；後來簡子趕來，他又說了我許多壞話，窺測他的用意，哪裡是真的搭救我，不過想把我悶死了，他可以瞞著簡子，獨得利益罷了！你想，像他這樣的存心，我怎麼不要吃他呢！」

東郭先生憤憤不平的，和他爭辯，但是，那狼也不肯相讓，你一句，我一句，大有難以分解之勢。

老人道：「照這個樣子，終於爭不出是非來的；而且我又沒有親眼看見你們的事，叫我也無從決斷。最好，還是請你們把剛才的經過，重新表演一次，讓我好明白：躲在這袋子裡，到底氣悶不氣悶；又可以知道，東郭先生是不是有意要謀害你。」

狼很歡喜地說道：「好，好，就照這樣辦吧！」

於是，東郭先生便照著剛才的樣子，把那隻狼裝在袋子裡了。老人看他把袋口縛好，說道：「這種忘恩負義的東西，留在世上，只會害人，我們還是消滅了他罷！」說著，便叫東郭先生取出一把小刀來，幫著他向狼身上刺了幾刀，只聽得那隻狼狂叫了幾聲，便被他們刺死了。他們從袋子裡將狼的屍體取了出來，丟在路旁。東郭先生才別了老人，安安穩穩地上道。

黃石

秦始皇併吞六國，六國的人民，都非常痛苦，大家都想替自己的國家復仇。其中有一個韓國人，名字叫做張良，他的祖父和父親，都做過韓國的宰相；他家裡財產雖很富裕，但是，總忘不了亡國的怨恨。因此，他便閒遊四方，結識許多英雄豪傑，立志要殺死那野心勃勃的秦始皇。

有一次，他聽得秦始皇要出外巡遊，便約同一位力士，鑄了一個一百二十斤的鐵椎，等候在博浪沙地方，預備行刺，不料，終因手法沒有純熟，竟擊在副車上了。始皇非常惱怒，立刻通令捉拿刺客。張良知道自己的生命很是危險，便改變了姓名，逃到下邳地方，找一個僻靜處所住下了。

這樣過了許多時候，聽得外面的風聲漸漸平靜了，他才敢到外面來走走；一天，他走到一座石橋邊，正在眺望前面的風景，忽然看見橋上坐著一個老人，鬚髮全是雪白的，手裡拿著一根拐杖，神氣非常瀟灑。一會兒，不知怎樣一個不小心，竟把他腳上的一隻鞋子，掉落在橋下了。

那老人向著張良望了一望，便架子十足地說道：「孩子，替我把這鞋子拾起來！」

張良看他這樣傲慢，起初心裡很是憤恨，但是轉念一想，覺得他的年紀，委實比自己大了幾倍，而且身體也很衰弱，照道德上說起來，似乎應該幫助他一下；因此，張良便不聲不響地把那隻鞋子拾了起來，慢慢地走上橋去。哪知那老人看見張良走到面前，卻又翹起一隻腳來，嚷著道：「替我把鞋子穿上！」

張良暗想：「這樣得步進步的要求，未免太不近人情了，只是，現在既已替他拾起，就是再給他穿一穿，又有什麼要緊呢！」想著，便蹲下身去，捧住老人的腳替他好好地穿了上去。

老人看他把鞋子穿好了，只向他點點頭，笑了笑，謝也不謝一聲地走開了。張良對他這種行徑，很覺詫異，一時引動了好奇心，便決意跟在後面，打算窺探一個究竟。這樣，兩個人走著，走著，一直走了一里多路，老人才回過頭來，向張良笑了笑，說道：「這孩子倒很可以教導的！——你記著罷，從今天算起，到第五天的天明時，你仍舊可以到這裡來，我有話對你說！」

張良知道這老人一定有些來歷，便很誠摯地答應了他，老人當即辭別走了。

挨到第五天，張良一早醒來，記起了老人的約會，連忙趕到那座石橋邊去，哪知，等他走到那邊，那老人卻早已站在那裡了。他看見張良到來，很懊喪地道：「你和長者約會，應該由你先到這裡來恭候著才是，怎麼可以來得這樣遲呢！」

張良看見那老人的臉色有些不悅，只得很小心地陪著不是，恭恭敬敬地站在旁邊。

這樣一來，老人也便把怒容收斂了，說道：「今天你既然來得遲了，還是回家去吧！——好好地記住了，再過五天，仍舊到這裡來等我，千萬不要來遲了！」

張良無可奈何，就聽從老人的話，回到家裡去。

匆匆地五天又過去了。這一天，張良看見窗上剛有些發亮，便趕緊從床上跳了起來，急急地趕到那橋邊去。可是，那老人卻又老早等候在那裡了。張良覺得非常慚愧，正想對那老人謝過，那老人卻先開口道：「孩子，怎麼又來得這樣遲？回去吧，再過五天，仍舊在這裡相見！」

張良辭別回去，又等到第五天上。這一次，他卻不敢再怠慢了，吃過晚飯，沒有上床去睡，剛挨到半夜裡，便急忙忙地趕到那橋邊去。他向四下一望，幸喜那老人還沒有到來才放了心。

張良坐在橋欄上。等了許久，那老人才慢慢地走來。他看見了張良，露出很高興的樣子，說道：「好，好，今天你來得很早！」說著，就從袖子裡拿出一卷書來，交給張良，並且囑咐他道：「你把這卷書，拿回家裡去，每天靜心地閱讀，只要把它讀熟了，便可以做帝王的老師。依我預算起來，再過十年，你的功名一定會成就；十三年以後的一天，你一定要打從濟北谷城山經過，當你走到山下時，要是看見一塊黃色的石頭，那便是我了。」老人說完了話，便掉頭走了，而且，一會兒便走得無影無蹤了。

張良很悵惘地帶了這卷書，回到家裡，把他打開來一看，原來是一卷《太公兵法》。張良得到了這卷奇書，心裡非常快活。從此，他便日夜閱讀，終於把書上的兵法，研究得十分透徹。

過了幾年，張良聽說有一個平民名叫陳涉的，已經起兵反秦，而且各處都回應起來，他便也集合了一百多個同志，要想起事，替韓國報仇。這時候，恰巧沛公劉邦，帶了他招集的幾千人，經過下邳，聲勢倒也不小，張良便把他從《太公兵法》上研究得來的經驗，去和他談談。沛公聽了，居然十分佩服，便勸張良和他合作，以便將來報復國仇。

張良跟著沛公，東征西討，全靠著那卷《太公兵法》，常常得到勝利；後來沛公做了皇帝——就是漢高祖，便封他為留侯。有一次，他有事經過濟北谷城山，記起了老人的話，便到山下去巡視一番，果然在那裡找到了一塊黃石；他知道這是老人的化身，便帶回家去，誠心地供奉著。

螞蟻王

三國時候，吳國有一個雜貨商人，姓董，名叫昭之。有一次，他因為店裡貨物缺少，便親自渡江，向出品的工廠中去定購。他一連接洽了好幾天，總算把要做的事都做好了，他才安心地預備搭船回家。

昭之走到江邊，那江船快要開了；只見船上擁擁擠擠的，坐滿了一艙旅客，再也讓不出一個空的座位了；他沒法可想，便在船頭上，暫時坐了下來。一會兒，那江船已經解了纜，昭之憑著船舷，一路上望望山光水色，心裡非常適意。不知不覺間，那隻船已搖到江心了，昭之偶然向江面望去，只見水上有一片蘆葉，正在飄來蕩去地流動著。再仔細一看，原來還有一個大螞蟻，在葉片前後盤旋著，彷彿是走投無路的樣子。

昭之覺得這螞蟻可憐極了，要是不去救他，一定會在江裡溺死。好在那蘆葉也漸漸地漂到船邊來了，他便慌忙地伏在舷上，伸下手去，將螞蟻和蘆葉，一齊撈了起來。

這個螞蟻，樣子和普通的大不相同，他的身材就比普通的大過十倍；同船的人，看見他撈起了這麼一個大螞蟻來，都表示著十分厭惡的神氣，都說：「這是要咬人的東西，就是在船上發現了，也要設法投到江裡去，何況他本來是在江裡，何必又去撈他上來呢！」

昭之道：「我剛才看見這個螞蟻，停在蘆葉上，不住地隨著江水漂流著；看他爬來爬去，那種急切要想逃命的樣子，實在可憐極了；所以，我們總得救他一救才是！」

哪知，同船的人聽了他的話，非但一點沒有感動，反而聲勢洶洶地對他說道：「你要救他，請你到船外去救，無論如何，不能讓他到船上來，妨礙大眾的安寧！」

昭之仍舊和顏悅色地說道：「諸位不要動怒，你們要是不歡喜他，就讓我把他用這蘆葉裹住了，放在我的衣袋裡好了；這樣，他就是要咬人，也只咬我一個人，和諸位一點沒有關係了！」

同船的人這才點點頭道：「只要不礙別人，隨你怎樣安置，我們都不管！」

昭之便把那大螞蟻，照著自己的計畫，輕輕地裹進蘆葉，裝在衣袋裡了。一路上，他總是時時刻刻地防護著，直到那江船靠岸停下，他才很小心地從衣袋裡拿出來，放他到草叢裡去。

昭之回到店裡，早已把這件事忘記了。他先向夥友問問這幾天的營業情形，然後又出門去接洽了些瑣事；到了晚上，夥友把店門關了，自去睡覺；昭之便點起燈來，想把帳目清理一下。不料，當他正在凝神計算的時候，忽然覺得一陣恍惚，立刻有一個身材高大的人，現在眼前了；昭之定睛一看，只見他全身穿著黑色的衣服，神氣非常英武。一霎時那黑衣人已走近昭之身邊，對他打了一個恭，說道：「先生，你可認識我嗎？」

昭之重新向他上上下下打量了一會，便答道：「客人姓甚名誰？我實在因為記憶力太壞，一時卻記不起來了，還請原諒！」

那黑衣人卻哈哈地笑起來道：「先生是我的恩人，曾經救過我的性命，怎麼卻不認識我呢！」

昭之沉吟了一回道：「我從來沒有救過別人的性命，也許是你弄錯了吧！」

黑衣人道：「一點不會錯！老實告訴你，我就是你今天從水裡救起來的那個大螞蟻，也就是一個螞蟻王啊！——只因我偶然停在一張蘆葉上乘涼，一個不小心，卻被大風吹在江裡，幾乎喪了性命，多虧恩人搭救，所以特來道謝！——以後，恩人如果遇著危難，只要喊我一聲，我便會來援助！」說著，那黑衣人忽然消失了。

昭之心裡雖然覺得奇怪，但是眼看那黑衣人十分和善，十分誠懇，所以倒也並不怎樣害怕；等他不見了以後，仍舊埋頭清理他的帳目。他從出門那天起，一直算到本日，一遍一遍的不知道算了多少遍，不料那進出的銀錢貨物，總是不能符合，而且相差的數目，實在也不微細，因此，昭之知道那夥友有些靠不住了。

第二天早晨，昭之一起身，便叫了那夥友來，拿出那本帳簿，和他親自核對；起先，他還是含含糊糊地答應著；後來，被昭之問得急了，而且措詞中似乎含著些規勸他的意思；那夥友知道其中的祕密已經被主人識破，不由得便惱羞成怒了，他說：「我是受不起別人的說話的；現在，你既然有些疑心我，只要把我辭退好了，何必這樣嘮嘮叨叨的多說呢！」

昭之聽了，卻並不氣惱，仍是和顏悅色地說道：「我不過勸勸你罷了，你又何必和我這樣決裂！要知道，我也是做夥友出身，很知道做夥友的苦楚；況且現在謀事不易，你不要趁這一時的意氣，將來懊悔就要嫌遲了！」

那夥友卻是忿忿地道：「我難道終身要靠你吃飯不成！離開了你的店鋪，別處還有店鋪在著，請你不必替我擔心罷！」

昭之看這情形，知道決計留他不住了，只得把他的薪水算清楚了，由他自便。

這樣過了幾年，昭之因為勤儉經營，店務一天天地發達起來；那夥友卻老是不肯改去他的惡習慣，漸漸的竟墮落到下流幫裡，居然做起盜賊來了。

有一天，那夥友又糾合了同黨，到附近的一個富有人家去打劫，可是不幸得很，那富家早已有了防備，所以他們進得門來，財物一些沒有到手，迎頭便遇到了幾個健僕的襲擊。其餘的同黨，身手都比那夥友健捷，他們看見來勢險惡，一個個都逃跑了；只有那夥友，拔步不及，早已被那些健僕們捉住，立刻送到官府中去治罪。一連審問了幾堂，問官硬要他說出同黨匿跡的地方，那夥友熬刑不過，而且，心裡一向懷著恨，只得胡亂地把董昭之扳誣了進去。

問官得了他的供詞，便發出火簽、硃票，叫衙役們立刻把董昭之捉了來。可憐，這時候的董昭之，已成了老鷹爪裡的小雞，一切只得隨他們擺布。他自己雖然沒有明白到底犯了什麼罪，但是在那些嚴酷的刑具下面，不由你不照著衙役們所授意的話供出來；因此，這誠實的商人，竟無緣無故的關進監獄裡去了。

這一夜，昭之睡在那潮溼的地上，思前想後，禁不住淚落如雨；一會兒，那同監的犯人們，一個個都呼呼地睡熟了，那悲涼的境地，愈加顯得靜悄悄的，十分可怕；突然間，昭之記起從前那個黑衣人——螞蟻王的話來了，他便輕輕地喚了幾聲，姑且試他一試；果然，當他的喚聲剛出口，那黑衣人又現在眼前了，他很恭敬地問道：「承恩人呼喚，不知道有什麼吩咐？」

昭之道：「我現在被人扳誣，恐怕性命難保了，你可有什麼方法，替我伸冤！」

螞蟻王想了一想道：「伸冤是不煩難的，可是你要知道，現在正逢亂世，一切都沒有公理可講，就是他們明知你是冤枉的，但是他們看著你這樣一份家財，誰肯輕易放過去！所以，依我想來，倒不如設法逃走為是，否則，白白的送了性命，太犯不著了。」

昭之覺得他的話很有道理，只是想到逃的方法，卻又躊躇起來了，便說道：「你看，這監獄的牆垣，又堅又高，而且看守得這樣嚴密，就是有本領的強盜，也無法逃跑，何況我這個文弱的商人呢？」

螞蟻王道：「恩人且不要擔心，我自有方法，救你出獄！」說著，便不見了。

過了一會，不知從哪裡忽然來了成千成萬的小螞蟻，他們在牆腳邊聚了一大堆，拼命地齧著挖著，約莫齧挖了一個多時辰，那牆壁上便現出一個小小的窟窿；同時，昭之帶著的鐐銬上，也攢聚著許多螞蟻，已經替他齧成了幾個缺口。昭之知道時機已到，他便用力掙扎一下，鐐銬已經斷了；然後又把窟窿中的磚頭，輕輕地挖去了多塊，頓時成功一個很大的出口了。

昭之俯下身去，鑽出了監獄，那螞蟻王早已候在外面了，他便在前面引導著，把昭之帶到一座山上的石穴裡，叫他暫時住下。從此昭之只要覺得有些饑餓，便有那些小螞蟻，運送許多食物來供給他。

這樣過了幾個月，吳國的國君死了；在新君登位的時候，照例要下詔大赦囚犯，當然，昭之也在赦免之列。他得到這個消息，才得恢復自由；跑出山來，仍舊經營他的商業。

桃花源

晉朝孝武帝的太元年間，武陵地方，有一個漁翁，名字叫做黃道真。他天天在水面上過著光陰，享受著自然的樂趣。

有一天，他又划著一隻漁船，離開家門，向著一個荒僻的所在划去，一會兒，那漁船忽然划進了一條小溪裡，他眼望著一灣澄碧的溪水，不自知地划著，划著，竟模模糊糊地忘記自己已經划了多少路。

道真正想打槳回去，偶然抬頭一望，卻望見前面簇擁著一個鮮豔的樹林，不期然地把他勾引住了；他便把槳兒划動著直向前面划去。漸划漸近，他才瞧清楚，原來這是一個桃花林，夾著這條小溪的兩岸，全是種著桃樹。這時候，桃花正在怒放，一堆堆紅的、白的花兒，綴滿樹梢，好像燦爛的雲錦一般。那平地上，長著一片勻整的綠草，點點落花，散布在草上，顯著一種說不出的美麗。

道真陶醉在這個環境中，心裡快樂極了，便一直向著桃林深處，划了進去。等到桃林漸漸地消失了，那小溪也已到了發源的地方了。他抬頭一看，眼前正有一座巍峨的高山矗立著。

他想把船頭掉轉來，划著回去；卻又戀著這蔥蘢而偉大的高山，瑩潔而柔媚的溪水，豔麗多姿的桃林，落英如繡的草地，不忍立刻舍去，便不自知地徘徊在這山腳下了。驀然間，他在山腳下，發現了一個小洞，一時引起了好奇心，便向洞裡窺探了一會，只看見裡面似乎很深很深，又像有一些光亮射出洞來，他越看越疑惑了，暗暗想道：「這是什麼地方呀？難道便是神仙所住的洞府嗎？我橫豎閒著沒事，不妨走進去瞧瞧，也好見識見識！」他一壁想著，一壁便上了岸，慢慢地走到那洞裡去了。

這真是很奇怪的事，當他初進去的時候，那洞是很小的，只有一個人行走的地位罷了。等到走了幾百步之後，卻忽然大了起來，而且忽然亮了起來；他定神仔細一瞧，原來已到了另一個世界。

那地方有整齊的房屋，肥沃的土地，豐稔的田畝，廣大的池沼，種著的桑和竹，又是非常的蒼翠茂盛，而且雞啼狗叫的聲音，也很清楚的可以聽到，一切情形都和外邊的一模一樣。那些男女老小的衣服、裝飾，又和外邊的人，沒有什麼分別，只不過他們的面上無論誰都有一種和平、歡樂的表情罷了。他真猜想不出這是什麼所在了。

那地方的人見了他，自然也都十分驚異，一霎時，大家圍了攏來，和顏悅色地打聽他的來歷；黃道真也很誠懇地，把自己的姓名，和進這洞的經過，詳詳細細地告訴了他們。道真和他們談了一會，便想告別回去，哪知那地方的人，都不願和他分離，很懇切地挽留著他。他也不願辜負他們的美意，於是便允許了他們的請求。

後來他被一個人邀到家裡去；他家裡的人，也都十分歡迎他，而且為他殺了一隻肥大的雞，備了許多鮮美的蔬果，又拿出許多酒來請他喝；大家陪他吃喝著，談笑著，十分親切快活。鄰近的人，知道了，也都走來探望他。

這時候，道真便忍不住問道：「你們為什麼要住到這山洞裡來呢？」

那些人回答道：「這是有個原因的，說來也話長呢！因為當秦朝的末年，天下大亂了，各地的居民，誰也沒法避免那些災禍；我們的祖宗，帶了全家的人，同了幾個鄰人，一同逃到這裡來躲避，後來便慢慢地，設法將這地方開闢起來，自此，大家便得安居樂業，誰也不想出去了。年代過得久了，不知不覺，便和外面隔絕了。……」

有的人，又問道真道：「現在外面可還在亂嗎？秦朝仍存在著嗎？」

道真嘆著氣道：「秦朝早已滅亡了，現在已是晉朝了！」

大家吃驚地叫道：「原來秦朝已被晉朝滅了呵！」

道真又嘆著氣解釋道：「自秦朝到晉朝還隔著兩個朝代呢！其中的變亂，也不曉得經過了多多少少！秦朝的末年，不是四方的豪傑，都起來了嗎？——這是你們大家都知道的。——後來是一個名叫劉邦的成了統一之業，滅了秦朝，就變成漢朝；漢朝被曹丕篡了，又成為魏朝；現在的晉朝，是魏朝的臣子司馬炎，篡魏之後成立的。」

他們聽了，不約而同地道：「外面真是一個人吃人的地方！這種慘毒的斬殺，恐怕永遠沒有停止的時候了啊！」

道真和他們吃喝完了，又被另一個人請到他家裡去了。那地方的人，輪流著，請他到自己家裡去住，都拿出酒菜來請他吃喝，他們待他都十分殷懇。

過了許多天，道真才得到他們的允許，回出洞來。在他臨走的時候，他們再三叮囑他說：「你回去以後，不要告訴別人，你曾到過我們這裡呀！」

他雖然當面允許了他們，但是，等到走了出來，當他搖著那隻小船回去的時候，卻一路暗暗地做著標記；上岸之後，便將他經過的這些事，一五一十統統去告訴了太守劉歆。太守聽了，覺得非常奇異，立刻派了人同他去察看，可是，再也找不到那些標記了。

梨道人

深秋時候，梨兒成熟了。有一個鄉下人，推著一車子梨兒，到市上來叫賣。他的梨兒，味道又鮮又甜，有的人買幾個來吃了，一齊稱讚，因此，一霎時引了許多人來，圍著他的車子，爭著向他交易。

那鄉下人看看生意不錯，兀自把價錢抬高了幾倍。那些沒有錢的人，自然只能滴著饞涎，站在旁邊呆瞧。忽然，在這人叢中，走出一個老道人來，眾人向他望去，只見他身上穿著一件破道袍，肩上掮著一柄鐵鏟，就把他當做了扁擔，挑著一個骯髒的包裹。他分開了眾人，一直走到那賣梨的身邊，很恭敬地向他行了一個禮道：「我今天跑了三十里路，剛到這裡，現在口渴極了，可不可以給我一個梨兒吃吃？」

賣梨的鄉下人，向他全身打量了一下，卻冷笑了一聲道：「我這梨兒，並不是偷來的，要是大家都不肯出錢，向我討一個，我就給一個，我又何必辛辛苦苦地把他運到市上來呢！」

老道人道：「我如果有錢，當然應該拿錢給你，但是，我雲遊四方，全靠化齋度日，從來不受人家的錢財，叫我怎麼拿得出呢！還望你看在出家人面上，方便方便罷！」

賣梨的似理不理地道：「我不管你的事，有錢的，拿梨兒去；沒有錢，不必多開口！」

老道人仍舊哀求道：「實在因為路跑得多了，要是再不解解渴，也許連路都走不動了。況且，你的生意很好，當然已經夠了本；我想你給我一個小的壞的，對於你不會受到損失罷！」

賣梨的忍不住了，恨恨地道：「東西是我的，總要我願意，才好給你，我不願意，就是你渴死了，和我有什麼相干！不要多說了，還是快些走開，讓人家好做生意呢！」

老道人道：「你這人真忍心，難道人家一條性命，反不如你的一個梨兒嗎？」

賣梨的更加發怒了，向他罵道：「我看你這副窮相，就不像是吃梨兒的人；從來做乞丐的，只有向人討些殘羹冷飯來充充饑，沒有向人討梨兒吃的。我勸你如果真的口渴，還是到水溝裡去喝些汙水罷！」

那老道人聽了他的罵聲，仍舊和顏悅色的，苦苦向他哀求；那賣梨兒的，卻聲色愈厲，一點兒也不能通融。這時候，連站在旁邊看熱鬧的，也有些不服氣了，便有一個人，走出來，對那賣梨的道：「你已經賺了許多錢，何不就布施他一個，免得嘮嘮叨叨，耽誤了你做生意的時間！」

賣梨的道：「不要多說風涼話了，你有這樣慷慨，我卻沒有這樣慷慨啊！」

那勸解的人，也有些著惱了，他說：「說來說去，你不過是要錢罷了。現在，就讓我來替他出錢，你總可以給他一個了！」說著，就在身邊掏了七個小錢出來，交給那賣梨的。

賣梨的這才沒話好說，只得揀了一個梨兒給那求乞的道人。

老道人接了梨兒過來，先向那出錢的人，謝了謝，然後一邊吃著梨兒，一邊說道：「好了，現在我得了梨兒的種子了；我想，像我一樣，吃不到梨兒的人，一定很多；讓我把這種子種起來，請大家嘗嘗吧！」

大家聽說，都笑道：「道人的心，果然很好，可惜我們沒有這樣的耐性，等待他的梨樹長大起來啊！」

老道人道：「這很容易，你們不妨來看著我種罷，不消一會兒工夫，包管你們可以嘗著梨兒的味道了。」說著，他便走到一家人家的牆下，那許多歡喜趕熱鬧的人，也就跟著他走了過來，他先把肩上的鐵鏟拿下來，在地上掘了一個小窟窿，再把那幾粒種子放了下去，把泥土蓋上了。

老道人嘴裡喃喃地念著咒語，說道：「快快生出來，生出來！」果然立刻有兩瓣芽兒，從泥土中鑽了出來。旁邊看熱鬧的人，都覺得有些奇怪，個個拍手歡呼起來；引得那些沒有走過來的人，也都忍不住地走了過來。

老道人又念了一念咒語，喝道：「快長！快長！」果然，那芽兒越抽越長，一會兒，竟長得和那垛牆一樣高了。而且那些枝兒上，綠葉重重，非常茂盛；這一來，把那些看熱鬧的人格外引起了興趣。竟連那賣梨兒的鄉下人，也踅了過來，悄悄地雜在人叢中，偷看那老道人的把戲。

這時候，老道人又念著咒，說道：「快些開花，快些開花！」

果然，一霎時，那樹枝上竟綴滿了一朵朵白色的花兒，十分鮮豔可愛。接著，道人又念一遍咒，花兒便落了；又念一遍咒，結了許多小小的果實；又念一遍咒，果實當即變得像皮球一般大小了。那一顆顆金黃的梨兒，映著碧綠的葉片，實在好看極了。那些看熱鬧的人，一個個伸出了舌頭，只是瞧得目瞪口呆。

老道人說道：「幸虧我的技術還沒有失敗，這梨樹上居然長了這許梨兒。好在我是不像別人只認識錢，不認識人的；現在我願意把這些梨兒，送給諸位嘗嘗！」他隨手就把樹上的梨兒，一個個都採了下來，走到眾人面前，每一個人分給一個，連那賣梨兒的鄉下人，也一樣的有份。

分完了，老道人說道：「梨兒吃完了，天色也不早了。這梨樹留著沒用，讓我鏟去了吧！」他當即舉起鏟來，把那梨樹連根掘出，掮在肩上，然後向眾人打了一個躬，拐彎抹角地走了。

那賣梨兒的，跟著眾人散開來，當他走到自己的車子旁邊時，不覺吃了一驚，原來他那車子裡的梨兒，竟一個不留的全失去了。他這才明白，剛才那個老道人，是故意用了法術，來警誡他的慳吝的；他想去找那老道人向他求饒，但是，在這暮色沉沉中，哪裡找得到他的蹤影呢！

烏衣巷

唐朝時候，金陵地方有一個富人，名叫王榭，他家世代以航海為職業。

有一次，王榭預備一艘大船，打算到大食國去。在路上走了一個多月，忽然海裡風浪大作，把這艘大船顛來簸去的，好像一個皮球一般。一會兒，船被浪頭打破了；同船的人，都溺死在茫茫的海水中。只有王榭一個人，幸虧抱住了一塊破船板，隨著風濤飄蕩，總算沒有沉到海底裡去，但是，他有時睜開眼睛看看，只見那些怪魚、海獸，向他張牙舞爪的，也實在可怕極了。

這樣漂流了三天，才發現一片陸地，王榭連忙捨棄了破船板，爬上岸去。他剛走了百來步路，便遇見一對老年夫婦；看他們的容貌，年紀已有七十多歲了，身上都穿著黑衣服，態度很是溫和。他們看見王榭走到身邊，仔細地認了一認，便很歡喜地叫起來道：「啊，這是我們的舊主人呀，怎麼會到這裡來的？」

王榭雖然不認識他們，可是，既承他們殷勤相問，也只得把航海遇險的事，全都告訴了他們。老翁和老婆婆聽了，便竭力地邀王榭到他們家裡暫住，王榭卻不過情，不期然地跟著他們同去。

走了一會，便到他們的家裡了。王樹還沒有坐定，老翁便說道：「主人遠道到這裡來，肚子一定很餓了罷！」說著，逕自搬了許多食物來，王樹偷眼瞧去，大都是海裡的魚蝦之類。

這樣住了一個多月，王樹早已恢復了原來的健康。有一天，那老翁對他說道：「到我們國裡來的人，一定要先去覲見我們的國王；當初，因為主人，精神不好，所以不能前去；現在，既已復原，不妨去走一遭！」

王樹連聲答應著，老翁便引導著他出門去了。大約走了三里多路，街市上才漸漸地熱鬧起來，居屋也建築得十分高大；再走過一座長橋，便看見那宮殿呀，亭臺呀，連綿相接，又富麗，又偉大，王樹私忖：「這一定是王宮了罷！」果然，抬頭一望，大殿已經矗立在眼前了。

老翁到了大殿門口，便替王樹代向管門的閽人，說明了來意，叫他進去通報。不久，閽人回來傳言道：「國王叫你進去相見！」

王樹走進大殿，看見國王坐在上面，左右都有人護衛著；也是披著黑袍，戴著黑帽，和剛才街上遇見的那些人一樣，可說是全國找不出第二種顏色的衣服來。

到了殿階，國王對王樹說：「你是北方人，禮制和我們這裡不同，不必行禮吧！」

王樹道：「既然來到貴國，怎麼可以不行禮呢！」說著，便拜了上去，國王忙著鞠躬答謝。

國王很是歡喜，便叫王樹上殿去，賜他坐在一旁，開始說道：「像我們這樣的小國，而且又遠在海外，不知道先生怎麼會到這裡來的？」

王樹就把海中遇險，漂流到這裡的經過，訴說了一遍。國王便問他：「現在住在什麼地方？」

王樹又把遇見老翁的事，都說了出來。國王當即差人去把老翁傳喚進來，老翁見了國王，便說：「這是本鄉主人，現在住在我家，一切供應，自當特別豐富，決不使他感到一些不快！」

國王點點頭道：「好，缺少什麼東西，只要來告訴我就是了！」老翁唯唯地答應著，便領著王樹退出王宮。

過了幾天，老翁忽然備了許多酒、菜，請王樹吃喝，吃到半酣的時候，才委婉地提議，要把他的一個十七歲女兒，許配給他。王樹沒法推辭，只得答應了他。

老翁揀定日子，舉行婚禮，國王聽到消息，也送了許多禮物給他們。

當天晚上，王樹向老翁的女兒問道：「貴國到底叫做什麼國名，可以告訴我嗎？」

女兒道：「叫做烏衣國。」

王樹道：「老人家常常稱我主人，我非但沒有役使過他，而且和他一向又不認識，這『主人』二字，是從哪裡來的呢？」

女兒道：「將來你自會知道，現在且不告訴你！」

從此，王樹便更安心地住下了。不過，每天看見那老翁女兒，常常愁眉不展，淚痕滿面的，總覺得有些奇怪。過了幾天，王樹真有些忍不住了，便問她道：「到底為了什麼事，這樣的不快活？」

女兒道：「沒有別的事，只怕我們不久就要離別了！」

王樹很詫異地道：「我雖然漂流在海外，但是，現在並不想回去，怎麼會和你分別呢！」

女兒道：「這個總會到來，哪裡由你作得主！」

這一天，國王又召王樹進宮，請他在寶墨殿中宴飲，王樹看見那殿中的一切陳設，也全是黑色的，亭下的樂隊，個個都穿著黑衣。歌聲清婉，卻不知道是什麼曲調。一會兒，國王又叫侍從們拿出幾隻黑杯子來，斟了酒勸王榭喝，並且說道：「外國人到我們國裡來的，古今只有兩人，漢朝時候，有一個梅成，現在便是先生，請你作一首詩，留個紀念罷！」

王榭接過紙筆，便照著自己心中的感慨，寫成一首詩，立刻遞給國王，國王看了一遍，說道：「你的詩很好，只是，何必苦苦懷念家庭；要知道，不久就可以送你回去了！」

宴罷回去，又住了幾天，海上已漸漸地風和日暖了。有一天，女兒忽然對王榭說道：「你回家的日子到了！」正說著，國王便派了人來，說道：「王先生明天應當回去了，趁早可和家人團聚！」老翁便去備了一桌酒席，替他餞行。酒吃到半酣，女兒又對王榭說道：「我從此不再到北方去了。免得你看見我變了形容，把憐愛變成了憎惡。——我一定不到北方去了，我願老死在故鄉！」

第二天王榭入宮告辭，國王便叫人取出一乘飛雲轎來，王榭仔細一看，卻是一個黑氈做的兜子罷了！國王叫王榭躲在這兜子裡面，更叫人取了「化羽」池水來，上上下下，把他灑了一遍，同時警告他道：「請你把眼睛閉起來，一會兒就可以到家了；不然，便會墮在大海裡呢！」」

王榭聽了他的話，就把眼睛閉著，一霎時，只聽得耳邊風聲呼呼，濤聲澎湃。直等到風濤聲全停止下來，忙把眼睛張開，自己卻早已坐在家裡廳堂上了。四面看看，並沒有一個人，但聽得梁上的一雙燕子，呢呢喃喃的，好像正在向他說話。這時，他才覺悟到，他到過的那個烏衣國，卻是燕子的國啊！王榭當即走進內室去見過家人，家人們都以為他溺死在海裡了；現在看見他好好的回家，大家不勝歡喜。

這年秋天，兩隻燕子將要回南去了，他們都在庭前怨哀地叫著；王榭向他們招了招手，他們飛下來，停在他的臂上。王榭取了紙來，寫了一首詩，縛在他們的尾上，他們便帶著飛去了。

到了明年春天，兩隻燕子又來了，一飛進窗戶，逕自停在王榭的臂上，王榭看他們尾上，也縛著一束紙片，忙把它取下來，看了一看，才知道是那烏衣國裡的妻子，答覆他的詩箋。

兩隻燕子自這年秋天飛去了，便不再來。這件事卻傳播遠近，誰都知道了；大家就把王榭所住的地方，稱為烏衣巷。詩人劉禹錫也有一首〈烏衣巷〉詩道：

「朱雀橋邊野草花，烏衣巷口夕陽斜。
舊時王榭堂前燕，飛入尋常百姓家。」

直到現在，南京地方，還有一條烏衣巷存留著。

三王墓

從前楚國有兩個著名的鑄劍工人，一個男的叫做干將，一個女的叫做莫邪；他們本是兩夫妻。

那時候，楚國的國王，非常暴虐，他聽得這兩個工人，聲名很大，心裡十分妒忌，便決心要去作難他們一下。他便派了一個使臣，趕到他們家裡，把干將叫了來，對他說道：「你們夫妻倆，聽說能鑄造很好的寶劍，不論遠近的人，都已知道了你們的名字。你們既然有這樣好的手藝，為什麼不替我鑄造一把呢！哼哼，可見你們並不把我國王放在眼睛裡了，這是多麼膽大啊！現在，我要你們從速給我鑄起兩把劍來，一把要是雌性，一把要是雄性，愈快愈好，否則，不要怨我殘暴！」

干將不敢怠慢，只得唯唯地答應著。他回到家裡，和他的妻子商量了一會，兩個人便一齊動手，開始鑄造起來。可是，這種雌雄劍，他們從來沒有鑄過，因此，光陰一天天的空費了許多，直挨過了三個年頭，才勉強把兩把雌雄劍鑄造成功。

這時候，莫邪已經懷了幾個月的身孕，快要生產了，干將便對她說道：「兩把雌雄劍，現在總算鑄成了，但是時光過得太長久了，即使一齊拿去獻給楚王，也一定得不到好結果的；所以我想且把這把雄劍留在家裡，讓我先拿一把雌劍去試試看。要是我果真被殺了，而你將來所生下來的是男孩子的話，那麼，等他長大以後，你得把我的遭遇，一一說給他聽；並且告訴他：和我家大門相對的那座南山中，有一塊大石頭，石頭上生著一株松樹，我就把那把雄劍，藏在松樹背後，需要他的時候，可以去拿出來應用。」莫邪一邊點頭答應著，一邊已是簌簌地滴下淚來。但是干將終於和她分別了，一逕帶了雌劍，投奔到楚王宮裡去。

楚王正想派人去捉拿干將，現在看見他自己跑來了，便怒喝道：「好大膽的東西！我叫你鑄兩把劍，原是立刻等用的；你卻一去便沒有消息，因此誤了我的大事，你自己說，應該得到什麼罪名？」干將一言不發，忙將帶來的一把雌劍獻上；可是，楚王不看見還好，一看見只有一把雌劍，更加暴號如雷地罵道：「你真是有意和我搗蛋嗎？我叫你立刻把劍鑄好，你卻延挨了三年，我叫你鑄造兩把雌雄劍，你卻隨意拿了一把來搪塞我。哼哼，我要是不給些顏色你看看，以後我怎麼能制服全國的人民呢！」說著，便吩咐左右的人，把干將拖出去殺死了。

幾個月以後，莫邪果真生了一個男孩子，便替他取了一個名字，叫做赤比。

光陰一天天飛也似的過去，赤比漸漸已長成一個聰明的少年了；莫邪知道時機已到，便把干將被殺的事，以及他的遺言，原原本本告訴了他。這樣一個說著，一個聽著，說到末了，母子倆不覺悲傷得大哭起來。

過了一會，赤比才拭乾了眼淚，立誓道：「父親，孩子一定要替你報仇！」說著，他便急急地跑出門外，打算到那南山中去看看，但是，在他家大門外面，根本就連山的影子也沒有的，更到哪裡去找尋石頭和松樹呢！他一時沒了主意，只得仍舊回進屋子裡，踱來踱去的用心思索著。忽然，他看見朝南的廊下，有一根松木的柱子，那柱腳恰巧是托在一個大石礎上面的，他不覺恍然大悟道：「哦，原來父親說的南山，卻是指的朝南的走廊；父親說的石頭和松樹，卻又是這松木柱子和石礎啊！」

赤比一時興奮極了，便去找了一把斧頭來，把那柱子砍去了半邊，果然，在柱子背後，找到了那把雄劍。從此，他便日夜籌畫，怎樣去報復那殺父的大仇。

正在這時候，楚王忽然得了一個夢，夢見一個少年，兩邊的眉毛分離得很寬，瞪著一雙眼睛，向楚王警告道：「小心些，你曾經殺了我的父親，我現在也要來取你的命了。」楚王吃了一驚，便從夢中醒了過來，當即傳了一個畫師來，把那夢中少年的面貌，詳詳細細地告訴了他，叫他畫成幾幅肖像，然後派人去張貼在各處熱鬧的場所，並且在肖像旁邊，注明賞格：「如果有人把這少年的頭送來，重賞千金！」

這消息傳到了赤比的耳朵裡，他深恐大仇沒有報復，反先送了自己的性命；便離別了母親，逃到一個深山裡去躲避。他一邊走著，一邊放聲大哭，那哭聲的悲哀，無論誰聽到了，都會傷心起來。

這時候，有一個過路旅客，恰巧迎面走來，看見他，便問他道：「你年紀這樣小，為什麼哭得這樣淒慘啊！」

赤比道：「我是干將和莫邪的兒子，楚王殺了我的父親，我卻沒有方法報這大仇，所以在這裡傷心呢！」

那旅客道：「我聽說楚王懸賞千金，購買你的頭；你要是能夠把你的頭和那把寶劍交給我，我一定可以代你報仇！」

赤比很歡喜地說道：「那是好極了！」他隨手舉劍來，把自己的頭砍下了，一齊交給那個旅客，可是，他的屍體還是僵立著，一動也不動。

旅客看到這種情形，已知道他的意思，便又對他說道：「放心罷，我決不會負了你的委託的！」話剛說完，那屍體也便倒了下來。

旅客拿了赤比的頭和那把劍，立刻去見楚王。楚王察看了一會，果然和那夢中的少年相貌，毫無差別。楚王很是歡喜，便實踐他的賞格，給了那旅客一千兩黃金。

旅客趁此機會，又對楚王說道：「這是一個勇士的頭，要是不把他毀滅了，將來或許還會作怪，依我想來，應該拿他放在鑊子裡煮爛了才好！」

楚王果真相信他的話，便叫人預備了一隻大鑊子，把赤比的頭放下去煮；可是，一直煮了三天三晚，那個頭還是沒有一點損傷，而且常常浮出水面來，瞪著眼睛，向鑊子外面怒望著。

那旅客又去對楚王說道：「這少年的頭，真是奇怪，怎麼煮了這許多時候，還是沒有腐爛，我想，還是請您親自去威嚇他一下，他要是著了慌，一定就會爛了！」

楚王覺得他的話很不錯，便趕到那鑊子邊，伸長了項頸，向著鑊子裡觀察。那旅客趁他不防備，急忙抽出劍來，向他項頸上用力砍了一下，楚王的頭，便骨碌碌地掉在鑊子裡了。接著，他又在自己項頸上砍了一下，他的頭，也滾到鑊子裡去。一會兒，三個頭都已煮得稀爛，變成了一鑊子的肉湯，再也分辨不出是誰的頭來。

楚國人把這肉湯分成三份，造起三個墳墓來埋葬了，大家就稱他為三王墓。據說：現在汝南以北，宜春縣地方，還留著這三王墓的遺跡呢。

潘辰的把戲

從前有個少年名叫潘辰，住在和州地方，每天到雞籠山採柴出賣，供養他的父母。

有一次，他渡江到金陵，船停在秦淮河口。忽然有一個老人，匆匆地跑來，要求搭他的船過江去。潘辰看他老態龍鍾，非常可敬，當即答應了他。

這時候，天氣正在嚴冬，漫天飄著大雪，潘辰便去沽了些酒來，和老人一同喝著，解解冷氣。一會兒，船剛撐到江心，不料壺裡的酒，已經喝完了。潘辰覺得很不快活，他說：「我很懊悔剛才沒有多買一點，讓我們喝個痛快；但是，現在已經沒有法子可想了！」

老人道：「你還想喝一點嗎？那很容易！——你看，我這裡也帶著酒呢！」一說著，便從他頭上的髻子裡，取出一個小葫蘆來，隨手拿過潘辰的酒杯，先替他倒了一杯，然後又在自己酒杯裡加滿了，兩個人重又興高采烈地談笑起來。

他們這樣你一杯，我一杯地喝著，那個小葫蘆裡的酒，卻一直是滿滿的，永沒有減少的樣子，潘扆覺得奇怪極了，因此便更加敬重那個老人。

船漸漸地搖到岸邊了，那老人便對潘扆說道：「我知道你很能孝順父母，我想傳授你些技術，你可願意嗎？」

潘扆連連點頭道：「只要老丈肯教我，哪有不願意的道理！」

從此潘扆就跟著老人，學習技術，不久，他便學會了把水銀變成銀子的法術，漸漸地，他的本領便也和那老人一樣的高明了。

一天，潘扆到一家人家去玩，看見他們花園的池沼中，有許多落葉，浮在水面，他便對主人說道：「我用這東西，玩一套把戲給你看看，好不好？」

主人當然非常贊成。潘扆便叫人取一個兜子來，把那些落葉都兜了起來，放在地上；只見那些落葉，都變成大大小小的活魚了。他隨手再把他們一條一條的丟在池裡，卻又立刻變成剛才的落葉了。

有一個名叫蒯亮的人，偶然在朋友家裡宴會，看見潘扆從門前經過，便叫主人去請他進來，對他說道：「今天，這裡賓客滿堂，可否請先生略施法術，讓大家娛樂一下！」

潘扆點頭道：「可以，可以！」他回頭看見門前的鐵匠店裡有一個鐵砧，就對主人說道：「能夠把那鐵砧借來，我可以玩一套戲法給你們瞧瞧！」

主人便叫人把那鐵砧借到家裡來，潘扆立刻取出一把小刀，把那鐵砧一片一片細細地切了下來，直把他切完才止。在座的賓客們，都看得十分吃驚，潘扆卻又說道：「借了人家的東西，把他切成這個樣子，怎麼可以送還人家呢！」他隨手把那些切下的鐵片，一片一片地合了攏來，果然又變成一個完好的鐵砧了。

接著，他又從袖子裡取出一塊舊手帕，對大家說道：「諸位不要看輕這塊又髒又爛的東西，除了我，別人有誰拿得出來，我要是不遇著人家有急難的時候，也決不肯借給人家的！……」

話還沒有說完，只見他把那手帕向臉上一蓋，倒退了幾步，倏忽間，竟蹤跡全無，不知道到哪裡去了。

據說，潘扆還有一件絕技，就是能夠背誦沒有讀過的書；有人把一卷新書封得很縝密，放在他面前，只要提出第一個字來告訴他，他便能一直背到末了；無論那本書上改竄得怎樣糊塗，他也都能夠知道。

蟋蟀

明朝宣德年間，宮中忽然沾染了一個鬥蟋蟀的風氣，只因一時得不到佳種，便責令官府，向民間徵取。這時候，有一個華陰縣縣官，想藉此討好上司，當即雷厲風行地傳諭里正，叫他們負責搜尋。

縣中有一個讀書人，名字叫做成，生性雖然迂腐，為人卻非常忠厚，役吏們看他容易受欺，便設法將他報充里正的職務。從此，每到秋季，他們就天天到他家裡來，催迫他繳納蟋蟀。成自己既不會捕捉，又不忍去苛斂鄉民，因此，他對於那些役吏們，只得變賣自己的產業去應酬。可是，這樣過了幾年，所有祖遺的薄產，幾乎都變賣完了，非但役吏們沒法應酬，就是連一家的衣食，也有些為難了。成日夜焦急，便想尋個短見自殺。

幸虧他的妻子很是賢明，便勸誡他道：「你一人死了，全家也活不成了，這有什麼益處呢！我想，不如從今天起，且到荒僻的地方去試試看，或者碰著機會，捉到一二頭比較好些的，也就可以勉強過去了！」

成覺得他妻子說得很有理，當即預備了竹筒、紗罩，到各處瓦礫場和荒草叢中，竭力搜尋；像這樣天天早出晚歸，一直辛苦了好幾天，結果，卻連最壞的也捉不到一頭。

漸漸地，官中的限期已經到了，成依舊繳不出蟋蟀，役吏們便將他捉進衙門，拷打了一番，一面卻還是限期追繳。

成回到家裡，兩股間已是血肉模糊，連走路都很為難，哪裡還有能力去搜尋蟋蟀。他睡在床上，不住地呻吟著，只是等死罷了。

這一夜，他在昏昏沉沉中，忽然看見走進一個人來，隨手遞了一張圖畫給他，他展開來細細地看，只見圖中畫著一座大殿，殿後小山下，有一塊大石頭僕倒在那裡，周圍滿長著一叢叢的荊棘，旁邊伏著一隻癩蛤蟆，好像快要跳起來的樣子。

一會兒，這些東西都不見了，成也就從夢中醒了過來；他自己覺得，股間的創傷，已經好了許多；便追想圖中的景象，不期然地恍然大悟道：「這一定是指點我捉蟋蟀的地方啊！」但是，那座大殿，究竟在什麼地方，一時卻又不能確定。

他在困苦中得到了這一線希望，當然不肯輕易放過，獨自躺在床上，不住地在腦中搜索著，約莫費去一個時辰，突然從床上跳了起來，仿佛身上的創傷，已經完全好了一般，自言自語地道：「有了，有了，這一定就是村東的大佛閣！」

他就掙扎著，一跛一拐地趕向大佛閣後面去；到了那裡，忙在四下裡一瞧，果然看見那些小山呀、大石呀、荊棘呀……都和那幅圖中所畫的，一模一樣。他心裡歡喜極了，便又循著那荊棘叢，再向旁邊找去；一邊又側著耳朵，聽聽有沒有蟋蟀的叫聲。當他正在全神貫注的時候，忽然面前又發現了一隻癩蛤蟆，只聽得撲的一聲，那蛤蟆早已跳到草堆裡去了。成不敢怠慢，隨即跟著他，也向草堆裡鑽了進去。剛走了十多步，就看見一條草根上，正有一隻蟋蟀停著；成連忙舉起手來，預備撲過去，不料那蟋蟀卻又跳出草堆，躲進一個石洞裡去了。成沒法好想，只得隨手摘了一根草來，向石縫裡掭了幾掭，依舊沒有動靜；幸虧他身邊帶著一個竹筒，便到旁邊小池裡去舀了生水來灌進去，那蟋蟀才重複跳了出來。

成很留神地拿出一個紗罩，輕輕地罩下去，總算給他罩住了；他仔細一看，果然是一隻大身材，長尾巴，青項頸，金翅膀的好蟋蟀。成高興得連股上的創傷都忘記了，笑眯眯地把他裝在籠子裡，急急趕回家來。他的妻子聽到這個消息，也替他慶賀，以為從此可以免了官府的追究了。

成把那蟋蟀從籠子裡拿出來，換了一個精緻的瓦盆養著，而且不時喂些好吃的東西給他吃，愛護得非常周到，專心等待那役吏們來收取。

有一天，成因事出門去了，他的一個九歲的兒子，趁著父親不在家裡，便偷偷地把那瓦盆蓋子揭開來，打算瞧個仔細。哪知，他的手剛把蓋子移了一條縫，那蟋蟀早已很敏捷地跳了出來；那孩子慌忙用手撲過去，只是用力太猛了，那頭蟋蟀已經斷了大腿，裂開肚子，一動不動地躺在地上了。那孩子知道闖了大禍，立刻哇的一聲哭了起來，把這事告訴了他的母親。

母親聽說，不由得把面色嚇得灰白了，惶恐地說道：「孽畜，也許你的死期到了；停一會，你的父親回來，一定會和你算帳啊！」孩子被母親責罵著，格外顯出一副害怕的神情來，一邊哭著，一邊跑出門外去。

過了片刻工夫，成從外面回來，妻子便把這件事告訴了他，他一時又驚又惱，一定要找兒子和他拼命；但是，找遍了全個村子，終於蹤跡杳然。直到傍晚時分，才得到村人們的報告：那孩子竟是投井自盡了。這時屍首已被村人們撈起，夫妻倆便哭哭啼啼地把他抬了回來，預備明天買棺盛殮。

他們守著孩子的屍體，流著眼淚，默默地相對坐著；這間小小的屋子裡，全充滿了悲慘氣象；這樣一直挨到半夜裡，忽然看見他們的孩子，微微地動了幾動，成急忙趕過去，用手摸了一下，覺得胸口已有了熱氣，於是，頓使那一對失望的父母，又從悲傷中轉到欣慰的境地裡來——原來，那死去的孩子，又蘇醒過來了。不過，他那種活潑的態度已經完全消失，老是呆呆地躺著，現出一種似睡非睡的樣子。

成偶一回頭，看到了桌上那個空的瓦盆子，不禁又觸動了心事，倒把那孩子的死活丟開了。一會兒，天色已經漸漸地發亮了，成剛想到床上去休息一下，忽然聽得門外發出一陣瞿瞿瞿的叫聲；這又使他不期然地興奮起來，連忙趕到門外去一看，果然有一隻赤黑色的蟋蟀，停在牆上。成因為他生得又弱又小，看看樣子，決不是一個善鬥的蟲兒，正在失望地嘆氣；忽然那蟋蟀向前一跳，已跳在他的衣襟上了。成仔細估量了一下，只見他的形狀很像土狗，梅花紋的翅膀，頭是方的，腿脛很長，品種是很好的。成很歡喜地把他捉住了，放在一個瓦盆裡畜養起來；不過，終因他身體小弱，還不敢獻到衙門裡去。

在這村子裡，有一個青年，養著一隻好蟋蟀，名字叫做蟹殼青，屢次和遠近養蟋蟀的決鬥，沒有一次不得到勝利，因此，他便抬高了價值，想在這小蟲兒身上，發一筆橫財。這天，他聽到成捉著了一隻好蟋蟀，便親自帶了那隻蟹殼青，趕到成家裡來，打算和他比賽一下。他看見成把那瓦盆捧了出來，揭開了盆蓋，便哈哈地大笑道：「我當是怎樣一隻好蟋蟀，原來只是這麼小的一頭！」

成偷偷地望望他那隻蟹殼青，的確壯健異常，暗想，反正養著這一隻東西，一點也沒有用處，倒不如和他鬥一次，開開玩笑罷！他這樣想著，那青年早已把兩隻蟋蟀，同裝在一隻籠子裡了；再看看成的那隻小蟋蟀，畏畏縮縮地躲在一邊，動也不動一動，好像是木頭雕出的一般。於是，那青年又哈哈地大笑起來。成十分灰心，姑且用一根草去撩撥了一下，仍舊一動不動，又引得青年大笑不止。

成這樣撩撥了好幾次，那小蟋蟀才有些發怒了，便一直向著那蟹殼青面前跑去，張著尾巴，翹著長鬚，高高地跳了一下，竟咬著那蟹殼青的頸子，緊緊地不肯放鬆。青年驚駭極了，連忙設法把他們解開。那小蟋蟀便瞿瞿瞿地叫了幾聲，彷彿在報告勝利的消息給他主人一般。

成得意極了。第二天便把他獻到縣公署裡，縣官覺得這蟲兒太小了，以為他捉不到強壯的好蟲兒，特地拿這個來敷衍的，便狠狠地責　他一頓。成當即把經過的情形說了出來，縣官還是不相信，後來叫人拿了別的蟋蟀來鬥了幾次，果然都給他打敗了，縣官才轉怒為喜，賞了他些銀錢。

縣官把這蟋蟀獻給撫軍，撫軍試了幾次，也很歡喜，便用一個金籠子裝了，立刻差人送到王宮裡去；這時候，宮中所有的蟋蟀，都是全國進貢的，有的名叫蝴蝶，有的名叫螳螂，有的名叫油利撻，有的名叫青絲額，……隻隻都是高貴的品種，但是，他們和這小蟋蟀交鋒以後，沒有一隻不被他咬得大敗。宣宗非常歡喜，立刻下詔，賞賜撫軍許多名馬和綢緞，縣官也得傳諭嘉獎。從此，成便免去裡正的職務，並且得到豐厚的賞賜。

這樣又過了一年多，成的兒子，才漸漸地回復原狀，據他自己說：「當日投井以後，便變成了一隻赤黑的小蟋蟀，一直只過著戰鬥的生活，到現在才醒了過來呢！」

商人的貓

許多年以前，在山西地方，有一個商人。他生平沒有什麼別的嗜好，就只歡喜養貓。有人到他家裡去，但見那庭院間、廳堂上、書房裡……全是被貓占據了，有的跑著，有的跳著，有的叫著，有的嬉戲著，幾乎成為一個貓的世界。

在這許多貓中，只有一隻全身披著白毛，拖著一條黑尾巴的，長得最為美麗；而且，他生性聰明，懂得人的意思，因此，也最能討人的歡喜。

那商人自從得了這頭貓兒，心裡十分得意；因為看見他面部的白毛，比身上的格外豐厚柔潤，潔白如玉，便替他取了一個名字，叫做玉面貓。他終日和這貓兒作伴，漸漸的，竟至同桌吃飯，同床睡覺，片刻不離；那貓兒也很奇怪，他只要一會兒不看見主人，便咪咪地叫著，跑來跑去地找尋，直到找著了才罷。

在商人住屋的鄰近，有一個退職回鄉的大官，他也是一個歡喜養貓的人；現在聽到他家有這樣一頭好貓，當然是非常羨慕，便百方設計，去和那商人結為朋友，常常藉故跑到商人家裡，藉以賞玩一番，撫摩一會。後來日子過得久了，那官人也看出玉面貓的特點，便起了占有的念頭。

有一天，官人特地請了商人來喝酒，喝到半酣時候，就把自己的意思宣布出來；而且答應那商人，如果肯把玉面貓送給他，情願拿自己家裡的珍物來交換。可是，那商人愛這貓兒，就如自己的性命一般，哪肯輕易失去，當然便堅決地拒絕了他。兩個人你一言，我一語，說話漸漸的激烈起來，終於不歡而散。從此，他們的友誼便告終結，兩個人不再往來。

那官人一向仗著勢焰，橫行鄉里，這一次突然受到商人的奚落，心裡實在氣憤不過，因此，終日長吁短嘆的，總想把那商人懲罰一下；但是，那商人素來非常安分，憑他想盡心思，也找不出一個弱點來。

這樣過了幾天，那官人的一腔心事，早已被他的一個門客探知了；那門客本是一個勢利小人，慣會逢迎主人，現在得到這個機會，便悄悄地來見主人，把自己的計策，全盤說了出來。那官人聽了，不覺拍手道：「好極，好極！——你的計策，雖然刻毒一些，可是，那商人既然對我這樣不顧情面，我也管不了他的一切了；你快快去進行，要用多少錢，只向我來支取便了！」

門客退了出去，當即招集他的狐群狗黨，共同商議一會；便派幾個人，趁這隆冬嚴寒的時候，先去找到一個凍死的乞丐，暗暗的預備著。等到半夜時分，就把他抬進商人的後花園中。

可憐，那商人還是安適地睡在溫暖的被窩裡做著好夢，哪裡會知道他們的詭計！直到第二天早晨，園丁到後園中去灌溉花木，才發覺了這回事，便戰戰兢兢地來報告商人。

商人嚇了一跳，立刻親自趕到園中去視察了一遍，卻也想不出這屍首是哪裡來的；一霎時，左鄰右舍的人，全都知道他家出了命案，大家爭來觀看，都說：「王家謀殺了人了！」

商人處在這種情勢中，真是有口也難分辯，只得吩咐家人，趕緊報告官廳，以便相驗。幸虧這時候的縣官，是一個十分賢明的人，他細看那商人的態度舉止，不像是個為非作歹的惡徒，而且驗遍那乞丐的全身，也找不出一點傷痕，而那凍餓致死的狀態，倒是很明白的顯露著，因此，便將商人暫時交保釋放了。——可是，他家裡的人，四處奔走，請託，卻耗費了不少錢財。

商人剛回到家裡，那門客卻來訪問了，他說：「我聽得府上出了這麼一樁不幸事件，很是替你擔心，所以特地趕來看看，不知道可有用得著我幫忙的地方沒有？」

商人忙向他道了謝，並且把縣官驗屍的情形告訴了他。

門客躊躇了一會，又說道：「這事，我也知道你是受了冤枉，不過，現在雖然暫時保釋，案件卻仍舊沒有了結，難保將來不再發生花樣，依我想來，還是趁早託人去疏通一下，根本把他打消才是。」

商人笑道：「你的好意，我很感激！只是，我並沒有做過虧心的事，別人也不能憑空誣陷我；況且，我在官廳方面，又沒有熟人，還是聽他去吧！」

那門客道：「你沒有熟人，我倒可以替你設法；——就是我們的家主，他是和官廳很有來往的，你只要肯把那玉面貓送他作為酬報，即使是天大的事，也可包你風平浪靜！」

商人一聽這話，早已明白這次的禍根，還是落在玉面貓的身上；當面雖然不便說破，心裡早已有了計較，便很委婉地向他謝絕了。等到那門客悻悻地出門以後，他立刻便收拾了行李，帶著那隻玉面貓，動身到廣陵地方去暫時躲避。

商人到了廣陵，便去找他的一個老朋友，把這一次不幸的遭遇，原原本本地告訴了他；那朋友聽說，也自替他不平，從此，他們常常來往，交情也格外的親密了。

那朋友有時到商人寓舍裡去，總是逗著那玉面貓玩，漸漸地，覺得這小小的動物，的確可愛極了，他便也像那官人一般，起了攘奪的念頭，不時的對商人說：「你為了這隻貓，受了許多氣惱，我看他對你很不利，還是把他送給別人吧！」或是說：「你出門在外邊，我看你情形很困難，何不把這貓賣去了，得些錢來使用呢！」但是，那商人總是很固執的不肯依從。有時給他說得急起來了，索性決絕地回答道：「我情願為了這貓，犧牲一切，我決不使他離開了我！」

那朋友知道勸他不轉，便暗暗地使了一個惡計，預先拿些毒藥，摻在酒裡，特地很殷勤地來邀他去喝酒。想把他害死了，穩穩的可以得著那隻貓兒。那商人本是很愛喝酒的，得到老朋友的邀請，當然毫不遲疑的，帶了玉面貓，一同去赴約。不料，當商人臨走的時候，那隻貓卻忽然對他咪嗚咪嗚地叫著，表示很不願意的神氣；等到商人出了大門，那隻貓又啣著他的衣襟，不放他走。可是，商人還以為這是偶然的事，一點也不把他放在心上，仍舊抱著玉面貓，逕向他的老朋友家裡去。

這時候，那朋友已經預備了酒菜，在官廳裡等他，等到商人剛坐定，那朋友便滿滿地斟了一杯毒酒，遞給他面前；他正想舉起杯子來喝，不提防，那隻玉面貓忽從他懷中躥了出來，用爪子拼命一抓，就把那杯酒撥翻了；那朋友再替他斟上，那隻貓又將他撥翻，接連幾次，總不讓他喝而且咪嗚咪嗚地叫著，好像在勸他趕緊回去。商人會意，便假裝著肚子痛，告辭出來。

商人自從識破了那朋友的詭計，知道這人地生疏的廣陵，也不可以居住了；第二天，他便帶了那隻貓兒，想回家鄉去看看情形再說。當他走到黃河邊上時，恰巧有一隻渡船，將要開行，他也不問情由，便一腳跨了上去；哪知，船正撐到中流，艙裡突然閃出一個人來，商人仔細一看，早認清就是那個詭計多端的門客，商人心裡雖然很厭惡他，但是，這船既然是他所雇的，表面上不得不和他略略敷衍一番。

這時候，他蹲在船頭，和那門客談談說說，漸漸地又談到那隻玉面貓了，商人始終抱著唯一的態度，堅決地不肯轉讓給人。一會兒，但覺那船身發生了一陣激烈的振盪，商人一個立腳不穩，撲通一聲，墮入水裡去了。那隻玉面貓本來坐在商人旁邊，看到這種情形，竟憤怒得雙目直瞪，望著水面，預備要跳下去。那門客趁此機會，連忙趕過去，把貓兒一把抱住。玉面貓哪肯屈服，便在門客懷裡，亂抓亂咬，直咬得他鮮血淋漓，才得脫身出來，急忙向河中跳了下去。

過了幾天，商人的屍體浮出河面，那玉面貓也已溺死，卻還是緊緊地啣著他的衣襟不放。

作崇的大蛇

古時候，在現在福建省一帶，有一個小國，國名叫做東越。東越國的將樂縣境內，有一座庸嶺，在嶺的西北角上，有一個大蛇窟；窟中盤踞著一條大蛇，身體差不多有七八丈長，十多圍粗。

起初，這條大蛇趁著嶺下的村人不提防，不過出來捉些雞鴨當點心吃罷了。不料時候過得久了，他的膽子越來越大了，每天到了傍晚，便公然爬到村裡來，由雞鴨吃到豬羊，由豬羊吃到人類，連駐守在那邊的武官都尉文官令長，也被他害死了好幾個。村人因此非常害怕他，常用牛羊等物去祭他，總算稍稍安靜些。

這樣過了三年，那村中的村長，忽然得了一個夢，夢見那條大蛇，對他說道：「你們貢獻給我的牛羊，我已經吃厭了，現在我想嘗嘗人肉的味道，你們快替我去辦一個十二三歲的女孩子來，否則，你們全村的人，都不要再想活命！」

村人們得到這個命令，誰也不敢怠慢，他們便設法去買了囚犯的女孩子，送到蛇窟裡去祭他。從此，便援以為例，每年總要犧牲一個好好的女孩子；時光過去得很快，不知不覺，竟有九個女孩子，葬送在這蛇窟了。

這一年，又要輪到第十個女孩子作祭品了，可是，憑著村人們怎樣懸賞重金去購買，卻終於沒有人肯把自己的女兒出賣；因此，全村的居民，以及令長，都尉，沒有一個不是焦急萬分，好像大禍快要臨頭了。那條大蛇呢，更是夜夜出現在村人們的夢裡，催促他們趕緊預備祭品。

在這將樂縣裡，住著一個人名叫李誕，他一連生了六個女兒，卻是一個兒子也沒有，其中最聰明的，要算他的小女兒寄應，她聽到村人出錢買女孩子的事，便向她的父母請求道：「現在有人出了重價，收買女孩子去祭大蛇；我想，我們家裡，反正姊妹很多，爸爸，媽媽，何不就將我賣給他們呢！」

她的父母哪裡肯答應她，都說：「我們雖窮，但是，決不能為了幾個錢，把親生的女兒送到蛇嘴裡去！」

寄應又懇切地請求道：「像我這樣的活著，徒然耗費些衣食罷了，在父親母親方面有什麼好處呢！如果將我賣去了，對於父親母親既可收入一些進益，減輕家裡的負擔；對於我們村上，也總算盡了一分義務，一舉兩得，還是成全了我的志願罷！」

她的父母聽她說著，總是搖著頭，流著淚，不肯依從她的請求。寄應知道父母的心意無法挽回，就是一再請求，也只徒勞口舌，她便趁他們不防備，悄悄地逃到都尉和令長那裡，說明了來意。都尉和令長，正在十分為難的時候，忽然來了這個女子，居然解決了這個大問題，當然歡喜得什麼似的，便把寄應留下了。

這時候，離開祭蛇的時期，還有幾天，寄應便在暗地裡預備了幾個又甜又香的大麥餅和一把鋒利的劍，一隻兇猛的狗。等到祭蛇的那天，都尉和令長，早已準備了一切，來對寄應說道：「姑娘！你既然願意獻身援救全村的同胞，此刻就應該到蛇窟口去等待了。」

村長和眾人，照例對著蛇窟行過禮，便吩咐寄應幾句話，各自避開那個可怕的地方，回家去了。寄應獨自一人，留在窟口，一會兒，看見太陽漸漸西沉，嶺上的草木，被風吹著，呼呼地發出聲來，那景象愈顯得十分淒涼。

寄應正想躺下來休息一會，不料眼前忽然射了兩道光亮來，東照西耀，仿佛是兩盞大燈一般；寄應嚇了一跳，忙向蛇窟裡瞧去，才知道是那條大蛇出來了；那兩盞大燈，正是他的兩隻大眼睛呢！

好在寄應已經抱了犧牲的決心，現在看清楚了，倒也不覺得怎麼可怕；她便不慌不忙地把帶來的幾個麥餅，先在窟口安置好了，自己卻躲在草叢中窺探動靜。那條大蛇好像剛在窟中睡醒，兩眼惺忪，一切都沒有看見似的。他嗅到了那麥餅的香氣，便伸出頭來，先啣了一個進去，便狼吞虎嚥地大嚼起來了。

沒有多少時候，幾個大麥餅差不多已被大蛇吃完；寄應知道機會到了，便把帶來的那隻狗，放到蛇窟裡去。這隻狗本是一隻獵狗，寄應又故意將他餓了兩天了，現在看見了這條大蛇，自然像發狂一般的躥將過去，狠命地在蛇身上咬著。

寄應看見大蛇正在竭力應付那隻獵狗，她便一躍上前，舉起手中的利劍，在蛇的後身，接連砍了幾十下。

這條蛇，委實太大了，他在窟中，一時掉不過身來，要想前後對敵，能力有所不及，而且寄應的麥餅裡，原是摻著大量的毒藥的，漸漸地，藥性已在大蛇的肚子裡發作，他勉強地掙扎了一會，在洞裡一陣亂滾亂跳，便躺在地上，一動也不動了。

這消息傳播全村，非常迅速，村人們都知道這害人的大蛇已死，十二分感激寄應的功德。後來，這事漸漸地傳到東越國王耳中，他也欽佩寄應的勇敢，便聘了她去做王后；她的父親，拜了將樂縣的令長。

勞山上的道士

王七，本是一個上流人家的子弟，生性很歡喜學魔術；聽說勞山上的道士，能作種種把戲，變幻莫測，便收拾了行李，趕到山上去遊歷。

到了山頂，看見一座廟宇，非常幽靜，他就隨意向廟宇中走了進去；四處參觀了一下，漸漸地走到大殿上，看見一個老道士，滿頭披散著雪白的頭髮，正在蒲團上打坐，看他的神氣，十分清健，便走過去和他攀談起來，覺得他的話十分玄妙，王七滿心歡喜，當即向他下拜，願意從他為師。

道士望了他一望，只是淡漠地說道：「像你這樣享受慣了安適的生活，恐怕不能吃苦罷！」

王七很堅決的表示，一定能聽從他的指導，那道士也就無可無不可的答應。這道士的學生很多，到了傍晚時候，一個個都回廟來，王七和他們一一拜見，從此，便安心地留在廟中了。

第二天早晨，道士給他一把斧頭，叫他跟了那些學生們，到外面去砍柴，王七唯唯地答應著，便開始做起苦工來。這樣過了一個多月，他的手腳上都已起了泡，委實有些耐不住這種苦楚，要想辭別回家。

一天傍晚，剛砍罷了柴，回到廟裡，只見那個道士，正和兩個客人，對坐著喝酒談心；天色已經黑了，屋子裡卻沒有燈火；道士便隨手取一張白紙來，剪成一個圓形的東西，把他黏在壁上，變成一個月亮，光芒奪目，照得屋子裡十分輝煌。那些學生們，聽從道士的指揮，東奔西走，忙碌異常。

一個客人道：「這樣好的晚上，應該大家同來快樂一下啊！」隨即取了桌上的酒壺，一杯一杯地斟出來，分給那些學生們，並且吩咐他們，大家要儘量的喝個醉。王七暗想：「這樣小小的一把壺兒，每人分一杯，也許不夠，怎麼能使大家喝醉呢！」但是，大家一杯一杯地喝著，那客人一杯一杯地斟著，那壺裡的酒，兀是沒有減少一些；王七才覺得有些奇怪了。

另外的一個客人道：「有了月亮，這樣靜寂地喝著酒，似乎還太乏味，何不把月亮裡的嫦娥喚出來，叫她歌舞一番呢！」說著，便舉起手中的筷子，向著那月亮擲了過去；月亮裡果真有一個美人，隱隱約約地走了出來。起初，只不過一尺多長，等到她走下地來，才漸漸地長得和真的人一般了。

那美人一邊舞蹈，一邊唱歌，在屋子裡盤旋了好一會，便倏的跳到桌子上了。大家仔細一看，原來還是一隻筷子啊！於是，那道士和兩個客人，都哈哈地大笑起來。

笑聲才止，那個客人又道：「今晚真是快樂極了，我們再到月亮裡去喝一回酒，好嗎！」

道士和另外的那個客人都很贊成，三個人便一齊把那些酒菜，搬進了月亮裡。大家向著壁上望去，只見他們三個人，很安閒地坐在月亮裡，一杯一杯地喝著，連他們的鬍鬚和眉毛，也都看得很清楚，好像是在銀帳上表演一般。

過了一會，月亮忽然隱沒了，屋子裡便又非常黑暗，學生們忙到外面去點了一支蠟燭來，屋子裡卻只留道士一個人坐著，那兩個客人，早已不知去向了。再向四處瞧了一下，那桌子上吃剩的酒菜，和壁上的紙月亮，還是好好地在著。

道士問學生道：「你們已經吃喝夠了嗎？」

學生都說：「盡夠了，盡夠了！」

道士點點頭道：「吃喝夠了，便該早早睡覺，不要誤了明天砍柴的工作！」大家答應著，便退了出來。

王七自從看到了道士的這番把戲，心裡非常羨慕，以為將來一定也會學到這樣的技術，不期然地便把回家念頭打消了。不料，這樣又過了一個多月，道士還是不把自己的本領傳授給他，而每天工作的痛苦，真是再也挨受不住了，他便鼓著勇氣，決計向道士告辭，並且說道：「學生從幾百里路以外趕到這裡來，即使學不到長生術，或者能學得一點小小的技術，也便不致辜負了我這一番跋涉。哪知，自從到了這裡，已經有兩三個月了，所做的工作，只是朝出晚歸的終日砍柴罷了；老實說，學生在家裡，一向沒有當過這種苦差使，實在有些吃不消了！」

道士笑道：「我早已說過，你是吃不起這種苦楚的，現在果然如此！——好吧，明天早晨，讓我送你回去就是了！」

王七涎著臉，請求道：「學生做了這許多天的苦工，在這臨別的時候，可不可以教授一些小小的技術？」

道士道：「你歡喜學些什麼技術？」

王七道：「學生常常看見老師自由地走來走去，就是有牆壁的地方，也不能阻擋，只要能把這個法術教授給我，我就心滿意足了！」

道士含笑地答應了他，接著又教了他幾句咒語，叫他照著念一遍，對他喊道：

「走進去吧！」王七對著牆壁，不敢走過去。道士又說道：「不要慌，試試看！」王七壯了膽，依著他的話，直向牆壁跑過去，終於給那牆壁擋住了。

道士道：「低著頭，快快地跑過去，就行了，不要怕！」王七只得再依著他的話，用盡全身的氣力，快快地跑了過去。這一次，真的成功了；他到了牆壁邊，好像沒有東西阻隔著一般，等到他回頭一看，早已身在牆外了。他歡喜得什麼似的，連忙回進廟裡去，向那道士拜謝，道士便給了他些路費，讓他回去。

王七到了家裡，便很驕傲地對他妻子說道：「我離家數月，已經學到很高妙的技術了！」妻子不相信，王七當即照著道士教他的法子，一面念著咒語，一面從離牆數尺的地方，急急地跑過去。哪知，只聽得「磅」的一聲響，他的頭觸著堅硬的牆壁，便昏倒在地上了。他的妻子連忙把他扶起來，一看，額上已經腫起像雞蛋大的一塊。王七又羞又愧，以後便再也不歡喜學魔術了。

紫荊樹

從前有一家姓田的人家，弟兄三個，一屋裡同住著，一桌上吃著飯，十分友愛。只是父母早已死了，田三年紀還小，全靠兩個嫂嫂照應著他；幸虧，大嫂和二嫂都很賢德，待田三真是饑寒飽暖，處處留心，和慈母沒有什麼兩樣，所以一家和和氣氣，快快活活地生活著，一點兒煩惱也沒有。

後來田三長大了，也娶了一個妻子，這田三嫂，卻因為自己有了些妝奩，便覺非常驕傲，瞧不起大嫂、二嫂，終日指桑　槐地，說著許多譏諷話；無奈大嫂和二嫂並不去理會她，這使她更加氣憤了！

自此，她便變更方針，日夜在田三面前挑撥道：「公家的銀錢產業，都給伯伯們霸占著，我們和他們一樣做著工作，卻不過——吃到一口白飯，什麼好處也分不著；收進多少，付出多少，我們都不知道，只有他們自己明白，這其間，難免不舞著弊！將來暗暗地被他們吞沒完了，我們還有什麼話說！依我說，不如趁早和他們分開了，由各人自己去管理，不是自由得多嗎？況且，俗語說得好，月無常圓，花無常好，天下無不散的筵席，無論怎樣，總有一個離散的時候，有什麼留戀呢！」

田三聽了妻子的話，終於託了親友們，將預備分家的意見，和田大，田二說了，田大和田二起先竭力反對；但是經不起田三夫婦連日催逼吵鬧，只好依從了他們。——過了一天，便邀了許多親戚朋友做證人，當著大家的面，將所有的田地、房屋、銀錢、糧食、器具等物，很公平地分作三股，一點也沒有多少。

最後，只剩了門口一株老紫荊樹，——是很遠很遠的祖宗傳留下來的，也不知經過了多少年了，這時正開著滿樹很茂盛的花，卻沒有方法可以分配。

到底還是田三聰明，他便獻計道：「既要分這株樹，便不能保全它了；依我看來，還是將它砍倒了，將粗幹截成三段，每人各得一段，其餘的枝葉，拿來切斷了，用秤一稱，平均分成三股，不是就解決了嗎？」田大田二聽了他的話，滿心以為只要把它分開就得啦，也顧不得祖宗的遺物了！

到了第二天早上，田大背了斧頭，叫兩個兄弟，各人拿了秤和繩子等物，打算同到門口去，分那株紫荊樹；誰知走到樹邊一看，只見那株樹，非但花兒全落下了，竟連枝幹，葉兒，都枯萎得連一些生氣也沒有了；弟兄三人看了，不覺大大地驚詫起來。田大偶然用手在樹上推了一下，那樹竟立刻連根倒了下來。田大一時心裡受到感觸，不覺抱著樹幹，淒淒惶惶地哭了起來。

田二、田三齊聲勸道：「一棵樹能值多少錢，枯了也就算了！有什麼可惜呢！哥哥何必為了這點點事，哭壞了自己的身體！」

田大悲切地回答道：「我那裡是可惜這株樹呀！我想我們弟兄三人，原是一個父母生的，大家聚在一處，仿佛這株樹一般，根、幹、枝、葉，互相幫扶，所以能夠茂盛；若是分離了，便不能互相扶助，豈不是要像這株樹一樣的枯死了嗎？而且，樹知道我們要把它分離了，尚且不忍離散，寧願一同枯死，我們人卻反而喜歡分離，這不是做了人，還不及這株樹有義氣，有見識嗎？怎不使我悲傷呢！」

田二，田三聽他這麼一說，頓時激動天性，齊聲大哭道：「我們為什麼好好地要鬧著分家呢？做人這樣沒有感情，真不如這株樹了！」一霎時，弟兄三人，緊緊地抱著，哭做一團，誰也不願離開誰了。

這哭聲傳到屋裡，三個妻子聽到了，大家嚇了一跳，都當是出了什麼事，一齊跑出來窺探；弟兄三人看見她們，將紫荊樹忽然枯萎，他們所受到的感觸，和現在決意打消分家的意見，詳詳細細地告訴她們。大嫂和二嫂聽了，都非常歡喜。

只有三嫂卻冷笑著道：「伯伯們捨不得將家產分給我們，也便罷了，何必使用這種詭計呢！——我們不是傻子，誰都知道樹是沒有知覺的東西，哪有自己忽然會枯萎的道理？這還不是伯伯們預先弄死了，來哄我們的！」

這時田三聽了妻子的話，不覺大怒道：「我們弟兄本是很和睦的，誰也沒有想分過家，全是你這不賢的婦人，一天到晚逼著我，才使我做了這不情不義的事！留著你，我也沒有臉見人了！」說著，便拖著妻子，要打她出去。田大、田二看見了，轉覺有些不忍起來，便攔住了田三，很婉轉地將他勸住了。

三嫂也被大嫂、二嫂勸著，回到自己房裡。她想著剛才的事，又羞愧，又憤怒，一時沒法自解，便背著人，懸梁自盡了。

過了一會，田大偶然又走到門口去，卻看見那株枯萎了的紫荊樹，早已好好地豎了起來，仍舊是蓬蓬勃勃地茂盛著，而且枝上的花朵，比以前更加繁榮而燦爛了；田大驚喜極了，急忙去叫了兩個兄弟，一同到樹下來觀察。

田大田二都感嘆道：「樹知道不把它分開了，便死而復活，又各欣欣向榮，我們怎可再說分家呢！」

從此以後，田家便世世代代同居著，弟兄友愛，永遠不再鬧意見了。

旁㐌

不知在哪一朝，哪一個地方，有個青年，名叫金哥，他家裡十分富有，全國的人，誰也比不上他。要知道他怎會這樣富有的呢？卻有一個很奇怪的故事。

據說：他的遠祖，名叫旁㐌，為人很是忠厚，可是，他的兄弟非常乖刁，常常要欺侮他，他們家裡，有著一些家產，也漸漸的都被他弟弟霸占了，所以旁㐌便很窮困。哪知弟弟看見哥哥住在家裡，難免要花費一些衣食，心裡還是覺得不滿意，便設法要將他驅逐出去。

有一天，弟弟對旁㐌說道：「哥哥，我們兩人守在家裡，終不是長久之計，我想，總要各人自己能出去謀生，才算得有志氣呀！所以從今以後，我們不如各自去謀事業罷！」

旁㐌一向懼怕著弟弟，聽了這話，並不反抗，只得委婉地懇求道：「你的話一點也不錯；不過，我窮到這樣兒，叫我怎樣獨自過活呢？——請你將祖上的遺產，分一些給我罷！」

哪知弟弟勃然大怒道：「那些產業，早已由我管理了。哪裡還有你的份！做了哥哥，卻還要靠著弟弟過活，看你羞也不羞！」說著，立刻叫了幾個僕人，將旁㐌拖出大門。

這一來，早驚動了左鄰右舍，大家以為他們家裡出了什麼亂子，一齊都出來圍著打聽消息。他們看見旁㐌任他弟弟這樣叫罵著，威逼著，一點也不敢爭執，他那畏縮老實的模樣，卻引起了一個慈悲的富人的憐憫。

那富人便對大家說道：「他們的家事，我不便來判斷，也不便來干涉；不過旁㐌這樣地貧苦，總要給他想一條生路呀！否則，叫他怎樣地過活呢！——現在，我有一畝空地，想送給他，預備叫他自己耕種；又想叫他養些蠶，至於桑葉，我家園裡盡多著，自然也不成問題；不過那穀種和蠶種，卻要大家給他想想法呢！」

那些看的人齊聲說道：「這卻不難辦到；他弟弟盡多著穀種和蠶種，現在家產既不分給他，何不就叫他分點穀種和蠶種給他呢！」

他弟弟聽得大家都這樣說，心裡雖然不願意，卻又不便違拗，只好滿口應允著，可是，等到大家散去以後，他總覺得有些不甘，便暗暗地把那穀種和蠶種，放在鍋子裡蒸了一下。這是誰也知道的，蒸過了的穀種，當然不能發芽了，蒸過了的蠶種，又怎能孵化呢！那可憐的旁㐌，卻一點也不知道他弟弟的詭計。

過了幾個月，已經到了養蠶的時候，旁㐌很小心地保護著那些蠶種，很虔誠地期待著它孵化，結果，卻只孵出了一條蠶，旁㐌並不灰心，用了全副心力去飼養它，他對那條蠶，仿佛和生命一般。說也奇怪，那條蠶卻長大得非常的快，過了十多天，已長得和牛一般大了。鄰舍們看見了，都非常驚詫，非常羨慕。

弟弟也知道旁㐌有那條大蠶，心裡很是嫉妒；他想：這蠶種本是我給他的，這條大蠶自應由我處置；他便趁著旁㐌不防備的時候，將那大蠶殺死了。

不料自那大蠶死後，各處地方所有的蠶，通統飛到旁㐌家裡來了。原來那大蠶卻是一條蠶王，那些飛來的蠶，都是來奔喪的啊！它們日夜守在大蠶屍體旁邊，便在旁㐌家裡，做了不知多少蠶繭，只見滿屋子盡是一片白色，誰也數不清它的數目。鄰舍們都趕來替旁㐌繅絲，可是無論多少人，也繅不完這許多絲。旁陸續把繅成的絲賣去，便賺了許多錢。

旁㐌下的穀種，也僅僅出了一株。等到成熟以後，那株穀的穗，卻竟有一尺多長；旁㐌日夜看守著，不敢離開一步。可是，有一天，不知從哪裡忽然飛來了一隻怪鳥，一口啄斷了那枝長穗，便銜著飛去了，旁㐌看了，心裡十分捨不得，便哭著去追那隻怪鳥。

他追著，追著，忽然追到了一座山上，那鳥一直向山坳裡飛去，他也向山坳裡追去，不知不覺又跑了五六里路；一瞥眼，那鳥卻向著一條石縫裡飛了進去。這一來，旁㐌直急得無計可施，只是站在石頭旁邊，呆望著那石縫出神。一會兒，天已漸漸地黑下來了，石縫裡更是黑漆漆的，哪裡還找得著鳥的蹤跡，旁㐌只得守著那石縫啼哭。

到了半夜裡，天空中掛起了一輪明月，霎時滿山大放光明，仿佛和白天一般了。同時，不知從什麼地方跑來了許多裸體的孩子，大家圍著那塊石頭，做著種種的遊戲。旁㐌躲在一旁，只聽得其中一個大孩子，指著一個小孩子問道：「你要什麼？」

小孩子答道：「我要喝酒呀！」說完，那大孩子便舉起他手裡拿著的金槌子，照準石頭上敲了一下，只見那石上，立刻擺出許多酒菜和杯筷等東西出來。

接著，大孩子又問另一個孩子道：「你要吃什麼呢？」

那孩子道：「我肚子餓了，要吃點心！」大孩子又拿金槌子，敲了一下石頭，許多精美的餅餌，又照樣好好地安放在石頭上了。

於是，大孩子便將那金槌子隨手塞在那石縫裡，和大家坐在石頭旁邊吃喝起來，直把所有的酒菜和餅餌都吃喝完了，才笑著跳著跑去了。

旁㐌看見他們臨走的時候，並不曾將那金槌子帶去；心裡很歡喜，便將那金槌子拿了出來，趁著月光，逃回家裡。

從此以後，他要什麼東西，只要舉起那金槌子，在無論什麼地方敲一下，他所要的東西，便立刻會呈現在眼前了。他有了這件寶貝，還有誰能比得上他的富有呢？便是國王也比不上他了！

可是，旁㐌卻並不自私，他常常拿了許多珍寶去送給他的弟弟，不料那狠心的弟弟，非但不感激，反而引起了他的嫉妒；他以為旁㐌的所以能夠富有，都是自己給他蒸了蠶種和穀種的緣故。所以他常常悔恨著說：「我真不該給他蒸了那蠶種，使他得到了蠶王，招引了那許多蠶，到他家裡來做繭！更不該給他蒸了那穀種，使他種得了那長穗，招引了那隻鳥來，結果，使他得到了那寶貝的金槌子。唉，那討厭的哥哥，現在已發了財，我卻反而顯得貧寒了，這是多麼羞恥的事！」

有一天，他便將蒸蠶種和蒸穀種的事，告訴了旁㐌，並且對他說道：「哥哥，你現在這樣富有，都是我替你蒸了蠶種和穀種的緣故，可否請你蒸些蠶種和穀種給我，讓我也好遇到些意外的財源！」

他屢次這樣地請求著，旁㐌拗他不過，便允許了他，照樣地將蒸過了的蠶種和穀種交給了他。

弟弟將蠶孵化起來，也只出了一條，可是養了三四十天，還是和平常的蠶一般無二，沒有什麼特異的徵兆。那蒸過了的穀種，也只出了一株，穗也長得很長，弟弟又照著旁㐌的樣，日夜守望著，後來也居然飛來一隻怪鳥，將他的那根穗銜去了；弟弟快活極了，手舞足蹈地，跟著那鳥追去。追著，追著，追到山上的那石頭邊了，鳥又向石縫裡飛進去了，弟弟看了，歡喜得幾乎發起狂來，他很熱烈地只盼望著天快些黑下來，好讓那些裸體的孩子，送那金槌子來給他。

哪知等到半夜裡，裸體的孩子尚未來臨，卻來了許多披髮的惡魔，他們一見了他，便捉住他罵道：「你偷去了我們的金槌子，還敢再來嗎？你這貪得無厭的惡人，非警戒你一下不可！」

惡魔一壁罵著，一壁便拖著他到一個山洞裡，罰他做苦工；弟弟對待旁㐌雖然兇暴，到這時，卻不敢不順從這些惡魔的命令了。他在山洞裡天天這樣受著虐待，直做到筋疲力盡，不能再做了，那些惡魔又把他的鼻子，盡力地拉著，一直拉到和象的鼻子那樣長，才放他回家。

鄰舍們看見他帶了這麼一條怪鼻子回來，自然都覺得有些發笑，都要譏諷他了。他受了這種刺激之後，又悔恨，又羞慚，不久，便懨懨地病死了。

枕中的世界

唐朝開元十九年，邯鄲道上的一家客店中，忽然有一個姓呂的老人來投宿。他走進了屋子，便把自己帶來的被褥臥具，很整齊地在榻上陳設起來，然後在榻上默默地坐著休息。

這時候，附近有一個少年，叫做盧生，穿著短衣，跨著一條牲口，正打算到田裡去工作；因為他和這客店中人，一向都很熟識，所以每次經過，總要進去坐一會兒，談論些不相干的事，差不多已成為習慣了；自然，這一天也不會例外。

盧生在客店裡閒談著，漸漸地便和那姓呂的老人認識了，他們一同坐在榻上，便上下古今的談論個不了；過了一會，盧生望著自己身上破舊的衣服，不覺嘆了一口氣道：「大丈夫生在世界上，怎麼竟會窮困得這樣啊！」

老人驚詫道：「我看你臉色紅潤，體格健全，一點兒也沒有毛病，多麼快樂！而且現在正談得高興，為什麼突然嘆起氣來呢？」

盧生道：「我生活在世界上，天天只是感到乏味，還有什麼快樂可說！」

老人道：「像你這樣菜飯飽，布衣暖的生活，還說乏味，那麼，要怎樣才滿足，才快樂呢？」

盧生不假思索地道：「一個人一定要功成名就，出征做將帥，在朝當宰相，一切吃的、用的，都能隨著自己的心意辦到；並且要使全家一天天的興盛起來，大家都來聽我的命令，那才可算是快樂。像我這樣，從小就立志讀書，以為要得點功名，是不很煩難的，哪知，到了現在，年紀漸漸的長大了，卻還是天天在田裡做苦工，這難道還不乏味嗎？」

盧生說完了，接著便打了一個呵欠，似乎是很疲乏的樣子。這時候，客店主人正在蒸黃粱，預備午飯；老人便從行李中，找出一個小小的枕頭來，遞給盧生道：「你想睡嗎？你且用這個枕頭枕著，一定能夠滿足你的希望！」

盧生細看他的枕頭，是用瓷質燒成的，非常精緻；兩頭卻都有一個小小的窟窿。他接受過來，便枕著那個枕頭，在老人的榻上躺下了。

漸漸地，那枕頭上的窟窿，竟一點一點的擴展開來，大起來，大起來，一直大得像一扇門戶一般；盧生偶然向窟窿裡望了望，覺得裡面非常明亮，隱約看得見另有一個世界。他便不自知地向著這窟窿裡走了進去。一路上，他賞玩著風景，緩緩前進，模模糊糊的一陣，卻已走到自己的家裡了。

盧生在家裡住了幾天，便有人替他介紹，娶了一個清河縣姓崔的女兒做妻子；這姓崔的，本是一家大富戶，所以他妻子陪嫁過來的房產、田地、金、銀、珠、寶，都很豐厚。從此，盧生食用舒適，衣服華美，再也不用到田裡去操作了。他安心地在家裡研求學問，進步非常的快，第二年，中了進士，朝廷便派他去做渭南縣的縣尉，不久升任監察御史等官職。過了三年，調他出來治理同州，後來又轉調陝州；他看到陝西的交通很壞，便在那裡開了八十里的河道，百姓們因此往來便利，都很感激他的功德，大家捐出錢來，替他立了一塊碑，頌揚他的政績。過了幾時，又升任汴州嶺南採訪使，召進京師，調任為京兆尹。

這時候，恰巧邊疆上的外族作亂，像吐蕃、新諾羅、龍莽布等，竟攻陷了爪沙地方，節度使王君㚟，設法抵禦，便上表求救，皇帝十分憂急，即派盧生為御史中丞，河西隴右節度使，叫他去削平亂事。盧生受命以後，連忙統著大軍，向邊疆出發；接連打了幾仗，幸喜都很勝利，斬了敵人七千多人，開拓疆土九百餘里，便在那裡建了三個大城，作為國防重地。

幾天以後，奏凱回朝，皇帝因他立了大功，用了很隆重的儀式接待他，並且升他為中書侍郎，同中書門下平章事，和蕭令嵩等一同掌管國家大事。富貴榮華，差不多享受了十年，而且國境平安，百姓翕服，真可說是世界上第一個快活人了。

不料正在得意的時候，卻引起了同僚的嫉妒，他們便誣告他和邊將交結，預備起兵作亂。於是，這一帆風順的盧生，便立刻變做囚徒，關在監獄裡了。

有一天，他的妻子到獄中去探望他，他一時想起從前的一切，不覺放聲大哭道：「我的家，本在山東，有著祖傳的良田數頃，自耕自織，也不致於受寒挨餓了。懊悔當年，不該貪圖富貴，到現在竟嘗著這種苦楚！唉，即使再想穿了舊的短衣，騎了牲口，到邯鄲道上去走走，也不可能吧！」妻子聽了，也陪著他大哭。

幸虧在朝中，他還有幾個知己的朋友，他們便竭力替他疏通，才把他救了出來；但是官職消滅了，只叫他去做歡州牧。這樣鬱鬱地過了幾年，總算玄宗皇帝明白了他的冤枉，重行回復他的官職，並且封他為趙國公。於是，盧生便又顯赫起來了。同時，他的五個兒子名字叫做儔、倜、儉、位、倚的，也都做了大官，個個都和貴族的女兒結了婚，一共生了十多個孫子。前後三十年間，朝廷所賜給他的田地、房屋、園林、名馬、寶物，也不知道有多少，他那老年的幸福，似乎比以前格外的美滿了。

可是，好景不常，他到底因為精力衰弱，忽然病倒了。玄宗皇帝得到消息，連忙派了御醫去替他診治，接著，又叫驃騎大將軍高力士，親自到他府第中去探視。他卻就在這天晚上斷了氣。

盧生耳聽著他的妻兒們啼哭著，張開眼來一望，霎時間所有的一切都換了樣子，原來自己還躺在客店裡的臥榻上，那姓呂的老人，依舊坐在他的旁邊，客店主人所蒸的黃粱，還沒有熟呢！

老人看見他醒過來了，便問他道：「怎樣？現在可都如了你的心願了？」

盧生囁嚅著道：「富貴的生活，也不過如此，我還是去種我的田吧！」他便伸了一個懶腰，出了店門，一逕騎著牲口，向田裡走去。從此，他一直努力耕作，再也沒有異想了。

義狗的故事

採石地方有一家富戶，備辦著許多大船，一向經營運輸事業，所以雇傭的水手很多。要是有人來託運貨物，便派著他們駕船出去。

有一次，有一個徽州的客商，來雇一隻船，預備運米到吳門去賣。運到那裡以後，恰巧米很缺乏，價錢抬得很高，客商的一船米，只賣了兩三天，就賣完了，並且得到了雙倍的利益，客商非常得意，便打算趁了原船回去。

客商到了船裡，水手們都向他打聽這次貿易的狀況，他也不問情由，竟滔滔地把獲利的經過，完全告訴了他們。水手們知道他身邊帶著多量的錢財，個個十分羨慕，暗地裡便在商量分潤的方法，可是那客商卻一點也不知道。

船剛要解纜了，恰巧岸上來了幾個專門剝狗皮的乞丐，牽著一條大黃狗，似乎正要動手宰殺了。那隻黃狗對著船，汪汪地叫著，非常慘傷。客商看得心裡有些不忍，便走出艙外，向那些乞丐道：「這隻狗很可憐，可否請你們不要殺他？」

乞丐向他望了一眼，說道：「你不要管別人的事，我們好容易設法捉了他來，要是不殺他，我們自己先要餓死了！」

那隻黃狗又是汪汪地一陣叫，似乎眼睛裡已流出眼淚來。客商實在看不過了，便又對乞丐說道：「好吧，你們的目的，不過要賣幾個錢，請問你們希望要多少錢，才可把這條狗賣給我？」

乞丐們聽他說要買狗，便故意亂說道：「你要買，須給我們五十塊錢，少一文就不成！」

客商一心要救這黃狗，當即滿口答應道：「五十塊，就五十塊！你們趕快把狗牽上船來吧！」

乞丐們把那黃狗送上大船，客商便將他養在艙裡，餐餐用了好吃的食物喂著，從此得了一個臨時的旅伴。

到了第二天晚上，那船經過一個荒僻的所在，恰巧遇到暴風，便在那個地方停泊下來。

水手們認為時機已到，便等客商睡熟以後，執著板刀，偷偷地掩到中艙，想把他殺死了，瓜分他的錢財。不料，這時候，那隻狗卻已看出他們的行徑，便張開大口，汪汪地叫了起來。

客商立刻被這陣狗叫聲驚醒了，他知道事情不妙，正預備出艙探視，可是那幾個水手，早已把客商捉住，把那刀口擱在他的肩上了。客商雖然幾次哀求，願意把所有糶米的錢都送給他們，只請他們保留一條性命，但是水手們都不肯答應。

最後，客商又請求道：「你們如果一定不肯饒恕我，那麼，就給我全屍而死吧！——我的鋪蓋裡有一條氈毯，你們就用他裹著我的身體，投我到水裡，就算給我埋葬了，你們以為怎樣？」

水手們答應了他的請求，就照著他的話，將他用一條氈毯裹起來，隨手往江中一推。說也奇怪，那條黃狗看見他的主人落在水裡了，竟也跟著他向水裡跳了下去，緊緊地啣著那氈毯的角子不放。

那條氈毯又輕又厚，而且又有那條狗用力曳著，因此，隨著風浪漂來漂去，終於沒有沉下水裡。不久，經過一處蘆葉叢，便擱住在淺灘上了。

一會兒，天已漸漸地亮了，有一個漁夫，剛到江邊來撒網，那隻黃狗瞥見了他，急忙趕過去，啣住了他的衣襟，硬要拖著他向淺灘邊走。漁夫覺得有些蹊蹺，便跟他到了蘆葦叢裡。走不了兩三步，只見一個水淋淋的包裹，擱在灘上，隨手把他打開來一看，才發現了這個氣息奄奄的客商。

漁夫將他背了回去，灌了些薑湯，又升起火來烘了一會，他漸漸地蘇醒過來。問明了緣由，非常感激那個漁夫，後來又知道了那黃狗啣衣的事情，從此對於那黃狗便格外地珍愛了。

客商在漁夫家裡休息著，突然想起：暴風一時還沒有停息，那隻貨船沿江行駛，很感困難；如果自己從陸路趲程進行，一定可以先到採石。於是，便決意帶了那條黃狗，立刻辭別漁夫，急急起行。果然，當他趕到採石的時候，那貨船還沒有消息呢！

客商見了船主人，便把這一次水手們謀財害命的事，訴說了一遍。主人聽說，也很憤怒，一面對客商以安慰，一面關照他道：「你且不要讓人知道，暗暗地藏匿我家，等他們回來，我再設法捉住他們，一則可以明我的心跡，二則可以向你贖罪！」

幾天以後，那貨船回來了，船主人預先雇了幾個勇士，埋伏在屋子裡，卻又假意的備了些酒菜，召集船上的全體水手，請他們吃喝，只說是慰勞他們路上遇風的苦楚。

酒到半酣，主人便詢問他們那客商的行蹤，不料他們都支吾地對答著，誰也說不出一句真確的話來。主人當即叫人把那客商請出來對質；水手們知道不能隱瞞，都站起身來，打算向外逃走。正在一剎那間，屋子裡埋伏著的勇士，一齊趕了出來，一個個將他們捉住，送到官廳裡去審問，後來全體招認，便將他們處了死刑。

客商糶米的錢財，也在那貨船裡搜了出來，他便帶著那條黃狗，回到徽州去。遠近的人知道了這回事，大家稱這黃狗為「義狗」。

據說：這事的發生是在明朝崇禎戊寅年。

長鬚國

時光已過去得這樣久長，誰也記不起是哪一年哪一月哪一天。籠統地說一句：大概是梁宣帝大定初年吧！

那時候，有一個新羅國的使臣，到中國來朝貢；在他任務完畢，正要回國的當兒，突然有一個少年來請求他，願意跟他到海外去遊歷。使臣看那少年，來意非常誠懇，當即允許了他，便和他一同上了海船，乘風破浪地出發了。

他們在大海中航行了幾天，不知怎樣，天氣竟漸漸地起了變化，接著，便來了一陣颶風，把那只海船吹翻，立刻就沉沒了。幸虧，那少年一向懂得些游泳的技術，因此，他便用了平生的本領，竭力在洶湧的波濤中掙扎著。這樣昏昏沉沉的不知道經過了多少時光，他偶然睜開眼睛來，卻發現自己，已經到了一個新的國土了。

少年忙把衣服整了整，隨意向著街市中走去；只見那邊的人，不論男女，嘴上都長著兩縷長鬚，而且一律穿著青灰色的衣服；再看那些房屋，雖然都和中國不同，但是他們的言語，卻和中國的約略可通；少年和他們攀談了一會，才知道這地方叫做扶桑洲，管理這地方的官吏，有「正長」「戢波」「日沒」「島邏」等名號。他們問明了少年的來歷，大家都非常尊敬他，便有人邀他到家中去寄宿。自此，每天總有人來拜訪他，探聽中國的一切情形。

有一天，門外忽然來了許多車馬，當即有人進來傳報說：「國王要請貴客去見見！」少年還沒有向他們問明底細，他們竟不由分說，把他簇擁到門口，扶上了一輛美麗的車子，就這樣匆匆地上道了。

這一行車馬，約莫走了兩天路程，便進了一個大城；在城門口，都有披著盔甲的兵士們駐守著，形勢仿佛非常嚴重。又走了一程，才望見前面的一座宮殿建築偉大，氣象也很雄壯。到了宮門前，跟隨他的人，便了下馬，引導他到殿上去。

殿上坐著一個老人，氣概軒昂，服飾華貴，左右兩旁，全有侍臣們護衛著，少年知道他就是國王了；一時給他那種威嚴所懾服，不知不覺的便向地上拜伏下去。國王對待他，倒也很關切，詳詳細細地問他一些中國的現狀，聽了他的回答以後，似乎十分滿意。第二天，便封他為司風長，並且招他為駙馬。

那公主的容貌，雖是嬌豔秀美，只是嘴上卻也和她的國人一般，掛著兩縷細細的長鬚。因此那少年不論怎樣威勢煊赫，不論怎樣富有珠玉，只要一見到他妻子的面頰，心裡總是感著不快，怎奈漂泊異地，也是無可如何。

匆匆地十年過去了，公主已生了一個男孩和兩個女孩。那國王在每次月圓的夜裡，總要開一個大宴會，以便和親戚臣下們同樂一下。有一次，少年又得到國王的請柬，他便帶領了妻兒們，忙向王宮裡去赴約。可是這一次的宴會，卻沒有像平時那麼的熱鬧，並且國王和他的大臣們，個個都是愁眉不展，很少興致。少年覺得奇怪，他便向國王動問：「到底大家是為了什麼事？」

國王嘆了一口氣道：「我國的國難到了，災禍也許就在這幾天發生；但是除了駙馬，誰也不能挽救！」

少年吃驚道：「怎麼會有這麼一回事！要是我真的能消弭這種災難，就是犧牲性命，也不敢推辭！」

國王不覺破涕為笑道：「好，你既答應了，就請你立刻動身，替我去走一遭罷！」說著，便叫人去預備船隻，並且派了兩名隨員，跟著駙馬同去。臨走的時候，國王才說明道：「這一次，我要請你去拜見海龍王，你只要對他說：東海第三、第七島的長鬚國有難，求他援救。實在，我國的國土太小了，也許他一時記不起來，你總得再三向他說明才是！」

少年唯唯地答應著，國王便流著眼淚，和他握手分別。

少年上了船，但覺船身略動了幾動，倏忽已到了一個地方。上得岸來，只見遍地都是黃沙，路上走著的許多人，全是衣冠整齊，軀幹十分魁梧的。少年向前走去，一面把來意向他們說明了，一面又懇求他們，引導到龍宮裡去。

啊，這座龍宮真奇妙呀！一切的景象，仿佛是佛寺裡畫著的天宮一般；從屋頂上，向四面射出來的光芒，一條條地閃爍著，幾乎連眼睛都張不開來了。一會兒，龍王得到了通報，便出來接見；少年很恭敬地向他行過禮，就照著那長鬚國王的話，對他說了幾遍。

哪知龍王聽說，沉思了好一會，卻終於搖著頭道：「我從來也沒有聽到這個國名過！」停了片刻，又說道：「你既然遠道趕來，且讓我派人去看看再說。」

龍王回過頭來，便吩咐那站在身後的侍臣，趕緊去查勘一下。過了許多時候，那侍臣從外面回來了，卻報告道：「在大王的轄境以內，並沒有這樣一個國家！」

少年發急起來了，便向龍王哀求，並且屢次說明：長鬚國是在東海第三、第七島。龍王覺得少年的態度十分誠懇，便再派了那侍臣，仔細地去搜尋。大約經過了一餐飯的時候，那侍臣才氣喘吁吁地回來了，他說：「已經查到了。這第七島的蝦族，本來派定是大王這個月的食料，所以已經把他們捉來了。」

龍王望著那少年，笑道：「你給那些海蝦蠱惑了，所以竟來替他們說話。要知道，我雖然是海裡的王，但是從來不妄殺一條小小的生命的。現在，看在你的面上，我就少吃一餐吧！」

一邊說，一邊便領了少年，向廚房裡走去。在那邊，只看見排列著十多隻鐵鑊子，都像屋子一般大小；鑊子裡滿滿裝著的，全是很大很大的海蝦。其中有一隻，粗如手臂，遍身顯著血紅的顏色；看見了少年，不住地在鑊子裡跳躍著，似乎正在向他求救。龍王指著說道：「這就是長鬚國的國王啊！」

少年看了這種光景，想起了幾年來的感情，不覺很悲哀地哭了起來。龍王被他的哭聲感動了，立刻叫人把那些蝦仍舊放到海水裡去。同時，又派了兩個使臣，送那少年回中國來。

一天晚上，到了登州地方，少年已知道回家的路徑；正打算向兩個使臣道謝，一霎時，他們卻已變成兩條巨龍，向天空飛去了。

洞庭紅

這是明朝成化年間的故事。那時蘇州地方，有一個聰明的讀書人，姓文名叫實，他因為自己有了一點才學，便非常驕矜，靠著祖遺一些財產，終日和那班文人逸士，不是飲酒賦詩，便是著棋彈琴，或者研究些書法畫意，什麼營業也不屑去幹。這樣一天天過去，等到家產用完了，他才著起急來；可是，他是閒散慣了的人，從來也不知道賺錢的門徑，更有什麼方法救他的窮困呢！幸而他生性很和平，無論對於誰，總是十分客氣，所以朋友們都肯周濟他。

有一天，文實知道他的朋友張乘運等四十多個海客，合夥販了許多貨物，將要到海外去做買賣了，心裡非常羨慕，便向張乘運懇求道：「我終年在家裡，愁柴憂米，實在悶極了！聽說你們要到海外去做生意，可不可以帶了我去，讓我見識見識海外的景物，疏散一下心中的積鬱？」

張乘運本是很豪爽的人，專愛扶貧救弱，聽了文實的話，便很誠懇地允許道：「好極，好極！我們的同伴，一定都很歡迎的！不過，我們都是去做買賣的，你卻去空走一遭，未免可惜了！」同時，側著頭想了一想道：「哦，讓我去和他們商量一下吧！最好大家湊些錢出來，幫助你辦點貨物，將來賺了錢，也好藉此立個家業！」

不料，張乘運回去和同伴們商量了一會，誰也不贊成去做這種傻事，大家便絕口回復了他。張乘運沒法可想，只得去對文實說道：「同伴們都不願幫助你，我也沒法去勉強他們；現在我和幾個知己的弟兄，湊了一兩銀子給你，這點點數目，也買不成貨物了，便留著買些果子吃罷！至於船上的一切費用，那卻不必擔憂，我自會給你負擔的！」說著，便將一兩銀子，交給文實，走開去了。

文實把那兩銀子藏好，又把他那簡單的行李，整理一下，便預備上船去了。他走出家門剛到大街上，只見滿街都堆著洞庭紅，在叫賣著。他想：「這兩銀子，沒有用處，不如就拿來買了洞庭紅罷！帶到船上去，送些給朋友們，也可以讓他們吃著消消遣！」想罷，便買了一百多斤，用竹簍裝了，叫人替他送到船上去。

原來洞庭紅是一種橘子的名稱，因為它出產在洞庭山上，而且皮色鮮紅，所以大家便這樣叫著。當時，船上的同伴們看見了他，都嘲笑他道：「文先生帶了寶貨來了！」

文實紅著臉，低著頭，默默無聲地上了船，裝著不曾聽見一般。

那艘船不久出了海口，在連天白浪中，不知漂流了多少路程，忽然到了一個陌生的地方，文實舉眼瞧去，只見城郭莊嚴，房屋齊整，戶口稠密，市場林立。據水手們說：「這叫做吉零國。」同伴們等船停泊好了，大家都帶了貨物上岸，各做各的買賣去了。

文實留在船上，閒著沒事，想起了洞庭紅，便自言自語地道：「我帶了那簍洞庭紅來，怕他們嘲笑，一直放在船板下面，不敢拿出來，經過了這許多天，不曉得有沒有腐爛呢？不如趁他們都不在這裡的時候，搬出來看看吧！」想著，便叫水手去拿了上來。打開簍子一看，只見上面都是好好的，一點也沒有變色，可是，他還放心不下；接著，又一層一層地慢慢搬將出來，很整齊地攤在船頭上，預備細細地察看。

岸上的人，遠遠地望到船上，看見這許多又紅又圓的東西，好像瑪瑙的球兒一般，非常驚奇，大家就都跑攏來賞鑒，可是他們看了許久，仍舊不認識這是什麼東西，便一疊連聲地問道：「這是什麼寶貨？」

文實以為他們也是來和他開玩笑的，所以並不理會，自己揀著一個有斑點的，剝開來吃了。那些人看他吃著，才知道是一種食品，於是便爭先恐後地，要來向他購買。文實還是不敢回答。水手們在旁邊看得有趣，隨便豎起一個手指頭，對他們笑著嚷道：「這是中國有名的洞庭紅，要一個銀圓一個才肯賣呢！」

其中有一個人，隨即從衣袋裡，摸出了一個大銀圓，遞給文實；文實才知道他們真愛慕他的洞庭紅，隨手揀了一個頂紅頂大的交給那人，他接到手裡，學著文實剝去了皮，也不分開來，一口塞進嘴裡，連核子都吞了下去了。

他拍手哈哈大笑道：「好極了，好極了！誰吃過這樣好東西呢？——讓我再買十個，獻給我家頭目去罷！」說著，又摸出十個大銀圓，交給文實，文實照樣揀了十個頂好的給他，他便用手巾很小心地包好，拿著匆匆地走了。

那些看的人，聽見那人讚好，一窩蜂似的，都來搶著購買，要不了一會兒工夫，已賣去了大半。文實曉得這洞庭紅，已被他們認為寶貨了，便故意搭著架子，推說不賣了，要想藉此抬高它的價值；誰知不曾買著的人，無論如何不肯空手回去，情願加他一倍的價錢，出兩個銀圓，買他一個洞庭紅；文實自然非常滿意，又開始做他的買賣了。

大家正在紛紛爭買的時候，那首先向他買十個回去的人，卻又騎著馬，匆匆地趕到船邊，大叫道：「不要零賣給人呀！讓我一齊買去罷！我家頭目，要去獻給可汗呢！」

文實看那人的來勢，曉得是一個好主顧，立刻陪著笑臉說道：「剛才我已說過，要留著自己吃了，他們再三向我買，實在情面難卻；可是價錢已經加到兩個銀圓一個了！倘若你願意加些錢，統統賣給你，也是一樣的。」

那人聽了，毫不躊躇地道：「你都賣給我罷，給你三個銀圓一個，也不打緊！」文實便把剩下來的五十二個統統交給他，那人付了一百五十六個銀圓的代價，笑嘻嘻地拿著洞庭紅，騎著馬，趕回去了。

這一來，文實總共賺到一千多個銀圓，約計有七百多兩銀子，真是一筆意外之財，怎不使他歡喜！到了傍晚，張乘運這班人回來了，文實便將賣洞庭紅的事，一五一十地告訴他們，大家自然也都替他道賀。

他們在吉零國，停留了半個多月，便又開船到別處去了；在半路上，卻遇到大風，他們的船在海裡漂了半天，不知不覺，漂到一個小島邊，才得設法把船下椗避一避風勢。大家都因為這島，是一個沒有人跡的所在，所以誰也不願上去。

只有文實，本是愛玩的人，卻要去遊覽一回，當即獨自上了岸，在那荊棘叢中，扳藤附葛地爬到一座小山頂上，睜眼一望，但見一片荒涼，也沒什麼好看的，正想下來，忽然在草堆裡發現一個和眠休差不多大的龜殼。他看了不覺大驚，暗想道：「世界上的人，有誰看見過這樣大的龜殼？真是一件奇貨啊！」便解下兩條裹腿布，扣上龜殼，橫拖直曳地把它帶到岸邊，興匆匆地跑到船上。

他笑著向大家說道：「請諸位看看，我辦了海貨來了！」大家看了，不免又取笑他一陣。但是，他卻不以為意，慢慢地把龜殼洗淨了，又叫幾個水手，幫他抬上船梢，好好地將它安放在一邊，也不和他們分辯。

這海船東停西泊，一直過了好幾個月，才又回到本國的福建地方。船上的同伴們，知道這地方有一家波斯人開的店鋪，——這店鋪的主人，名字叫做瑪寶哈，專和海客們兌換那些奇珍異寶，本錢非常雄厚，所以那些海客們，等船靠了岸，都要拿了貨物找他。文實想去看看外國人的商店，也跟著他們一同去了。可是，那瑪寶哈非常勢利，招待那些海客，照他的慣例，先要看了貨單，然後依照貨物的貴賤，分出尊卑厚薄來；像文實這樣一點貨物也沒有的人，當然受盡他的冷淡和輕視，在這大庭廣眾中，真使文實多麼難堪啊！

第二天，瑪寶哈便到他們船上來看貨了，文實想著昨天的事，正在羞愧，哪知瑪寶哈一看見他那個大龜殼，卻連別的貨物都不看了，只是指著問道：「這是誰的寶貨呀？」

大家聽了這話，都望著文實笑道：「這正是文先生的寶貨呢！」

文實聽了這一問一答，心想：「這外國人也來嘲笑我了！」一時實在覺得無地自容。瑪寶哈看見文實不快活的面色，以為是因為自己昨天怠慢了他，便恭恭敬敬地走到他面前，向文實行了一個禮，低聲下氣地陪罪道：「我實在沒有知道文先生有這樣奇寶，所以昨天失敬了，望你多多原諒才是！」

說罷，一把拉住文實，又對大家說道：「你們的貨物，慢慢地再發罷！——我要先請文先生到店裡去向他謝罪呢！」

這一來，不但文實弄得莫名其妙，便是船上的同伴們，也都猜不出是什麼道理。張乘運同幾個和文實要好的弟兄，很不放心，便跟著他們一起上岸去。他們到了店裡，瑪寶哈特地備了極精美的酒席，請文實們吃喝，又說了許多好話，才慢慢提到那大龜殼。

他很謙和地問道：「文先生那寶貨，可肯賣給人嗎？」

到這時，文實已明瞭瑪寶哈的誠意，才知道並不是和他開玩笑的，便隨口應著道：「只怕沒有人肯出好價錢，哪有不賣的道理！」瑪寶哈聽他說肯賣，歡喜極了，立刻要求他定出數目來。

這卻又使文實感到困難了，因為他實在不知道這大龜殼，有什麼好處呀！後來還是張乘運幫他討了五萬兩的價錢，預備讓瑪寶哈自己去削減，哪知瑪寶哈聽了，並不嫌貴，反而表示十分滿意的樣子。一會兒，便訂好合同，成了交易。張乘運等人，也得到許多珍珠和綢緞做酬勞，大家很快活地回船了。

瑪寶哈又因文實是孤身旅客，不便攜帶這許多銀錢，便把一爿綢緞鋪，連房屋、生財，一總折價五千兩，抵了給他，讓他可以安放銀子；文實自然一口依允。他到那綢緞鋪裡一看，只見鋪面寬廣，裝潢鮮豔，綾羅綢緞，堆積如山，裡面的住宅，更加富麗堂皇，宏敞精巧，自然心滿意足了。從此以後，他便住落在福建地方，守著四萬五千兩銀子，和一爿鋪子，安心做著綢緞生意，永遠不想回到蘇州去了。

老虎兒子

許多年以前，有一個窮苦的老婆婆，年紀已經七十多歲，家裡除了她的一個兒子以外，再沒有別的親人，她便靠著他過活。有一天，她的兒子，跑到山裡去打獵，不知怎樣竟被老虎咬死了。老婆婆悲傷極了，直哭得死去活來，最後她便哭著去告訴縣官，要求他替她伸冤雪恨。

縣官聽完了她的報告，不覺哈哈大笑道：「殺你兒子的是老虎，不是人；你要知道，野獸是沒有理性的，怎樣可以依照法律去治它的罪呢！」

老婆婆聽了縣官這幾句話，知道他沒有替她報仇的意思了，不禁搥胸蹬腳地大哭起來，雖然經過縣官幾次婉轉的勸導，和嚴厲的吆喝，她仍舊自管自地嚎啕著，無論如何也減不了她的悲痛，這真使縣官無法可想了。

這孤苦老婆婆的可憐狀態，終於引起了縣官的憐憫，過了一會兒，縣官便對老婆婆說：「你不要這樣悲傷了，我派人去給你捉那老虎來罷！」

老婆婆聽得縣官已經答應了她的請求，便不再號哭了，卻只是靜靜地跪在地上，不肯起來。她的意思一定要等縣官真的派出替她捉老虎的差役，才肯回去。

縣官拗她不過，只得依允了她，便問旁邊站著的那些差役道：「你們這些人，哪一個能夠去捉老虎？」

許多差役都互相觀望著，誰也不敢答應。內中有一個差役，名字叫做李能的，因為剛喝醉了酒，便糊里糊塗地走到縣官面前，自告奮勇道：「我能去捉老虎！」縣官看了他一下，便將捉老虎的公文交給他。老婆婆看見李能已接了公文，才向縣官道謝，安心地回去。

可是等到大家走散以後，差役李能的酒也醒了；他一瞥眼，看見身邊的公文，猛然記起了剛才的事，雖然心裡很懊悔，卻是已經來不及了。

無可奈何，他便自己安慰自己道：「捉老虎來辦罪的事，從古到今，誰也沒有聽到過，這大約是縣官被老婆婆糾纏得沒有辦法，假意做成這圈套，來騙騙老婆婆的罷！」因此他便放下了心，再也不想起捉老虎這件事了。

過了幾天，李能預備將公文去繳還給縣官了。哪知縣官卻勃然大怒道：「你既然說過能夠捉老虎，怎容你再反悔呢？」

李能知道縣官認真要捉老虎，才又發起急來。只得懇求縣官，派幾個獵人去幫助他。縣官也明白這確是一件不容易幹的差使，便允許了他的請求。但是，獵人們日夜躲在山谷裡守候著，一直過了一個多月，也沒有看見半個老虎的影子，因此，累得李能不知受了多少刑罰，幾乎遍身都現著創痕。

他憂愁極了，有一天，走到深山裡，站在一塊很險峻的崖石嶺上，發著誓道：「倘若今天再捉不到那老虎，決不願空手回去受刑罰了，不如就從這崖石跳下去，尋了死路罷！」

說也奇怪，當李能剛說完這話，便有一隻吊眼白額的老虎，飛也似的跑到他面前來了，他一時不及躲避，直嚇得手足無措。那老虎卻不慌不忙，很馴服地站在他面前，動也不動，仿佛等待他來加上刑具一般。

李能定了一下神，才試探著問那老虎道：「你可就是咬死那老婆婆的兒子的老虎？」

那老虎把頭點了點；李能又說道：「我為了捉不到你，已經屢次受到縣官的責打，你如果可憐我，便讓我給你上了鐐銬，跟我們到衙門裡去見縣官罷！」

那老虎聽說，又把頭點了點，做著允許的表情，竟毫不抵抗地，任著李能擺布。李能便牽著那老虎，一逕跑回縣衙門裡去。

縣官立刻升堂審問那老虎道：「老婆婆的兒子是你咬死的嗎？」

老虎昂著頭，向著縣官，接連點了幾下。

縣官看了老虎那樣順從的模樣，知道它並不是一點沒有理智的，暗想：要是把那老虎處了死刑，雖然替老婆婆報了仇，但是究竟對她沒有一些實惠可得。因此，便又改了口氣向老虎說道：「老婆婆只有一個兒子，可憐他已被你咬死了，害得那老婆婆沒有依靠，不能過活了；倘若你願意給她做兒子，代她的兒子奉養她，那末，我便赦了你的罪！」

縣官剛把這些話對老虎說完，老虎立刻顯出很快活的樣子，舉起兩隻前腳，向縣官打了三個恭，好像表示它的感謝。自然，一切條件也都已默認了。縣官非常滿意，便叫李能將它的鐐銬解了下來，仍舊送它回到山裡去了。

老婆婆看見縣官重又把老虎釋放了，心裡很是怨恨，但又不敢提出反對；沒精打采地回到家裡，只是一個人喃喃地詛咒著。

等到第二天早晨，她一早起來，正想到外邊去張羅些殘羹冷炙來充饑，不料開出門去，一眼就瞥見一隻被咬死了的梅花鹿，橫躺在她家門口。老婆婆又驚奇，又歡喜，也來不及考查這死鹿的來歷，立刻便背到市上，賣給一家藥鋪子裡。她自從兒子死後，正貧苦得不得了，現在賣了這死鹿，當然得到許多錢，使她的生活，不再發生困難，怎不叫她歡喜呢！

從此，每過幾天，那老婆婆的大門口，總有幾隻咬死了的野獸，放在那裡。而且，她的院子裡，也常常會拋進許多金銀綢布等東西來。這一來，她才覺悟到那老虎兒子，一定是遵從縣官的命令，來奉養她了。實在的，她現在的境遇，要比她兒子活著時，富裕得多呢！漸漸地，那老婆婆竟把怨恨老虎的心情，轉變為感激了。有時，那老虎也跑進老婆婆家裡來，依依不捨地跟隨在老婆婆的左右，十分親熱，正和一個孝順的兒子，沒有兩樣。老婆婆和它纏熟了，好像也忘記它是一隻兇惡的野獸，只當是自己的親兒子一般看待。

這樣過了許多年，老婆婆驟然得病死了，她的族人們，剛替她料理喪事，那隻老虎卻又跑來了，它一直跑到老婆婆的屍身邊，撲在地上，嗚嗚地哭叫著，聲音非常淒慘，使聽到的人，也陪著滴下淚來。挨到老婆婆埋葬的那天，那老虎又跑到墳上去哭拜了一會，以後每逢朔望，它總是要到墳邊來巡視一次。

遠近的人，因為知道它是一隻有信義的老虎，有時遇見了它，大家非但不懼怕，卻反而很敬重它呢！

竹葉船

從前，江南有一個書生，名叫陳季卿的，因為進京考進士，不幸落第；而且所帶的川資，不久又用完了，便流落在北方，只靠著賣字過活。這樣匆匆地過了十年，依舊沒有回家的希望。

季卿每次在抑鬱無聊的時候，覺得悶在旅舍中，更是難堪，便毫無目的地向著郊外名勝的地方亂跑亂闖，想借此消遣閒愁。

離城不多遠，有一個青龍寺，寺裡的老和尚，本是讀書出身，談吐很有風趣；季卿偶然到寺裡來玩，兩人談得十分投機。從此，季卿便和他定了深交，空閒的時候，常常到寺裡去訪問他。

有一天，季卿又走到那青龍寺裡，可巧那老和尚出去了。他便想在暖閣中坐一會兒，等待他回來；當他跨進暖閣，卻看見有個終南山翁，靠近火爐坐著，也是在等待那老和尚。兩人靜默地坐了半晌，終南山翁才開口向他說道：「太陽已經偏西了，你覺得肚子餓嗎？」

季卿點點頭道：「實在是餓了，老和尚又不回來，怎麼好呢？」

終南山翁便從身上解下一個小袋子，取出一點藥草來，擱在火爐上煎了一會，把它倒在杯子裡，遞給季卿道：「喝了吧，一定可以當一餐午飯了！」

季卿聽了他的話，只一口就喝乾了，頓時覺得肚子裡非常充實，再也不想吃飯了。

他們倆又默默地對坐著。突然，季卿看見東面的壁上，掛著一幅地圖，他便無意地跑過去，循著那圖上的路線，正在找尋自己的家鄉——江南——，忽然受到一種感觸，便嘆了一口氣道：「唉，我只要能夠從渭水經過洛水，再從淮水直達大江，便可以到家裡了。——要是真有這麼一天，我就是一無成就，也決不懊悔了！」

終南山翁笑道：「這有什麼煩難？我可以幫助你一下，立刻送你回去！」一邊說著，一邊就叫小沙陀到階前去摘了一片竹葉。他拿來做成了一隻小船的樣子，隨手擱在地圖中的渭水上面了。

布置好了，便招呼季卿道：「用你的眼睛，注視著這隻竹葉船，一定能夠償你的心願；只是，到了家裡，切不可久留，記住，記住！」

季卿瞪著兩眼，一眨也不眨地望著，一會兒，一會兒，漸漸地看見那渭水起了風浪了，那竹葉船也漸漸地大起來，大起來，自己不知不覺地竟坐在船裡了。又過了一會兒，但聽得兩舷水聲潺潺，那隻船已經隨波逐浪地移動起來了。

到了傍晚時分，那竹葉船停泊在河邊，看見岸上有一座廟宇，他便走進去遊覽了一會，並且題了一首詩在壁上。第二天，到了潼關，他又在關東的普通院門上題了一首詩。這樣朝行夜宿，差不多過了十多天，果然到了家裡了。

他的兄弟妻子，得了這個消息，歡喜極了，一齊到門外來迎接他；大家十年不見，當然有訴說不盡的離愁別恨。但是，季卿卻對他們說道：「我考試的日期快要到了，這次回家，也不能多耽擱的，或許今天晚上就要動身呢！」

過了二更，季卿又寫了幾首詩，留別他的兄弟妻子，便急急地跨上了竹葉船，預備走了。兄弟和妻子，看到他那種飄忽不定，來去匆匆的樣子，都以為他是客死異鄉，不過是靈魂出現罷了，因此，大家都在河邊上嚎啕慟哭起來。

季卿依著來時的舊路，走了十多天，仍舊回到了渭水旁邊；他一上岸，那隻竹葉船便不見了，急忙趕到青龍寺裡，只見那終南山翁，還是靠著火爐坐著，連座位也沒有移動過。季卿走上前去，向他道謝道：「承你幫助使我得回家鄉，非常感激，但是，我想來，也許是做了一個夢吧！」

終南山翁並不多說，只是點點頭，笑著道：「再過六十天，你一定可以明白了！」

夜已經深了，那老和尚還沒有回寺來，季卿坐了一會，只得和終南山翁分別，回到旅舍中去。

匆匆地兩個月過去了。有一天，季卿的妻子從江南趕了來，形色非常張惶；等到見了季卿的面，卻又顯著十分疑慮的樣子。季卿覺得有些奇怪，便向她詢問原委，妻子道：「你在兩個月以前的某日，忽然回到了家，但是我們只談了幾句話。你做了兩首詩留別我們，卻又乘著一片竹葉，倏忽間就失了影蹤。老實說，家裡的人都當你是死在京中了，所以，我預備來運你的靈柩呢！」

季卿這才知道，的確是曾經到過家裡，並不是做夢。這時候，他因為考試屢次失敗，對於功名，早已灰心；好在他妻子帶來的川資，尚有多餘，他便決心伴著妻子回江南去。

一路上，他經過河邊的那座廟宇，和潼關的普通院，仍舊進去遊玩，只見他以前題在壁上的詩，還是好好地留著，彷彿墨蹟還很新呢！

隋侯珠

從前，有一個隋國，他們的國君隋侯，因為每天悶在宮裡，處理全國的政務，漸漸地感到有些困倦起來。有一天，他便召了幾個大臣進來，對他們說道：「近來，我覺得精神很不好，也許要病了，所以打算到外面去遊散幾天，你們看，應該到哪裡好？」

大臣們彼此商量了一會，都說：「齊國的風景最好，只因我國和他們隔離得太遠，一向很少來往；君上如果要出去遊散，倒不如到那邊去走一趟：一則可以排遣積鬱，二則可以彼此聯絡聯絡，一舉兩得，再好也沒有了。」

隋侯聽說，點點頭道：「也好，就讓我去會會齊君——你們趕緊去替我預備起來吧！」

不到幾天，大臣們早把車馬等等一切旅行用品，完全布置妥貼了；隋侯便率領了他們，一同向著齊國出發。

他們在山野中前進，一路上，但見那高山曲水，奇花怪石，形形色色的賞玩個不盡，果然比悶在宮殿裡快樂得多。隋侯坐在車中，不時的和大臣們談談說說，在路途中，不知不覺已經走上了好幾天。有一天，隋侯和大臣們來到一個曠野地方，正在車子裡伸出了頭，四面眺望著，忽然看見草堆裡，有一個蛇頭在蠕動著，彷彿很痛苦的樣子。隋侯看了很是奇怪，便叫管車子的人，把車停了下來；他親自拿著手杖，跨下了車，預備到那草堆裡去看個底細。那些大臣們看見隋侯下了車，誰也不敢怠慢，自然大家也紛紛地下車，跟著他走了過去。

隋侯走到蛇頭旁邊，用手杖輕輕地將亂草撥開，俯下身子仔細一瞧，才看明白那條蛇的下半段身體，卻被一塊大石壓住了。隋侯看它掙扎得可憐，隨手將那塊大石抬起了一點，於是，被壓著的蛇，便慢慢地爬了出來；它爬到隋侯的腳邊，靜靜地蜷伏著不動了。隋侯看見那條蛇的尾部，鮮血涔涔的，知道是受了傷，便叫侍臣們拿出些藥來，替它敷上，並且包紮一下，然後和大臣們上了車，仍舊繼續進行他們的旅途。

他們到了齊國，照例有許多交際，齊國的國君，又請隋侯遊玩了許多名勝的地方，一直耽擱了不少日子，才得循著原路回來。走著，走著，不期然地又走到那個曠野地方了。隋侯一時記起了那條受傷的蛇，便向著那堆亂草，自言自語地道：「可憐的蛇呀，你的傷痕可痊癒了嗎？」

他剛說完，無意中掉轉頭來，卻看見那條傷蛇，正在一二丈路外，挺起了頸子，彷彿在迎接他一般。隋侯暗想：「世界上哪有這樣通靈性的蛇，知道我回來，便會出來迎接！——這也許是我太念著那條蛇了，腦筋裡起了幻象，所以才發生這個錯覺吧！」

可是，等到車子走到蛇的身邊，卻明明認清是一條活的蛇呀！而且它身體的大小，和斑紋等等，誰都能指證便是隋侯前次從大石下救出來的那一條。當時，隋侯又吩咐停車，走下去仔細審察了一會，幸喜它尾部的傷痕，已經完全平復了，只是，發現它的頭部，卻顯著腫脹的樣子。

隋侯雙手把蛇頭托起，正想察看它害的是什麼病症；不提防那條蛇的嘴裡，忽然吐出兩顆圓溜溜的東西，恰巧落在他的手掌裡。隋侯吃了一驚，忙把那兩顆東西打量了一下，卻原來是核桃般大小的兩粒明珠呀！這時，站在旁邊的那些大臣們，也眼睜睜地看得發呆，大家議論了一會，想再看看那條蛇的樣子，哪知找遍曠野，卻再也找不到它的蹤影了。

大臣們知道這兩顆明珠，一定是無價之寶，都向隋侯道賀，隋侯也很欣喜地帶著那兩顆明珠上了車。一路朝行夜宿，不到幾天，便已回到自己國裡；隋侯因為出門多時才回來，不免要將許多國事料理一番，連日忙忙碌碌地，便將那兩顆明珠忘懷了。

有一夜，他得到一點空閒，偶然和大家談起那條蛇的事，連帶地想起了兩顆明珠，便叫人到箱子裡去找了出來，打算和大家一同賞玩一會。不料，剛把箱蓋揭開，只見閃閃地發著銀色的光芒，好像箱子裡藏著兩個月亮一般，把那黑暗的夜，照得和白天一般了；大家看了，真是說不出的駭怪和歡喜。

這件事的發生，足以給那隋侯的仁慈的行為，做一個紀念。因此，大家便替這兩顆夜明珠，取了一個名字，叫做「隋侯珠」。

銀魚的來歷

有一種小小的白魚，名字叫做「銀魚」的，小朋友們大約總有許多吃到過，可是，這種銀魚的來歷，你們知道不知道呢？

據說：唐朝時候，有人在現在湖南省的岳陽縣，洞庭湖的旁邊，建造一個岳陽樓，剛造好了不久，便坍了下來，監工的人，便想了許多方法，竭力地研究一番，於是再叫工人們重建起來，哪知又照樣地坍了下來。這樣建築了許多年，雖然已花了不少人的心力，可是結果，還不免要坍下來，一直沒有造成功。

有一天，監工的人，正在為這件事憂愁著，卻有一個老人，走來對他說道：「你是不是擔心著造不成岳陽樓？」

監工的人皺著眉頭道：「一座岳陽樓，造了這許多年，還沒有造成功，怎叫我不煩悶呢！」

老人笑道：「這是你們不曾知道所以要坍掉的緣故吧！——倘若你願意用我做總工頭，那末，我包你在三個月裡頭便可造好，而且永遠不再坍下來！」

監工的人聽他說得這樣容易，故意試他道：「你知道為什麼緣故造不成的呢？你只要能告訴我，我一定可以派你做總工頭！」

老人不慌不忙地道：「這是因為這座岳陽樓的基地下面，有一個妖魔，不住地在那裡掀動著，所以如果沒法先把它鎮服，這座岳陽樓便永遠造不成功。」

監工的人問他道：「要怎樣才能把它鎮服？」

老人笑著道：「你不要多管，只要派我做總工頭，他自然便會逃跑。」

監工的人雖然不相信他的話，但是各種方法，都已試驗過了，正在無可奈何的時候，只得實踐了預約，派他做總工頭；並且又遵從了他的請求，另行招雇許多工人，聽他去調遣。監工的人問他的姓名，他只笑著不肯回答，因此，誰也不知道他的來歷。

那老人就了總工頭的職，到了第二天，太陽剛出來的時候，他便指揮著工人們，開始動工了。可巧這時候，一切魚、肉、菜蔬，正在缺乏，一時添了許多工人，自然更加昂貴起來了。監工的人為了這事，心裡異常憂愁，便又去和那老人商量。

哪知老人聽說，卻滿不在乎地答道：「這些小事，何必放在心上呢？看我立刻把這困難解決了！」

說罷，便隨手從地上撈起一把木屑，擲到洞庭湖裡去。接著又指著湖面，對監工的人說道：「有了這許多下飯的東西，還不夠工人們吃嗎？」

監工的人隨他指著的方向瞧去，當真看見滿湖游著二三寸長的，銀白色的小魚，非常鮮活可愛。因此，這菜蔬問題，便在一剎那間解決了。大家才安心樂意地工作著。過不了三個月，岳陽樓居然完了工。

當岳陽樓造好的那天，大家正要去找那老人來，替他慶賀；不料，隨你全個縣城都跑到，卻再也找不到他的影蹤了，誰也不知道他是在什麼時候溜跑了的。大家紛紛地議論了一會兒，忽然有人在二層樓的牆上，發現了兩句詩道：

「三過岳陽人不識，
朗吟飛過洞庭湖。」

在這兩句詩的下面，還寫著「呂洞賓題」四個小字，這一來，大家才恍然覺悟到那做工頭的老人，就是呂洞賓。

於是，這消息便立刻傳遍了遠近，在岳陽縣裡的人，無論男女老小，誰都知道呂洞賓用木屑來變魚的故事。

從此以後，洞庭湖裡，便永遠出產著這種小魚。土人因為它們的顏色，都是銀白色的，所以便給它們取了一個名字，叫做銀魚。直到現在，這種魚還可算是洞庭湖中最名貴的特產。

泥馬渡江

我國自漢、唐以後，對外要算宋朝的勢力最薄弱。那時，北方有個金國，野心很大；到了徽宗時候，他們便大舉南下，漸漸地竟陷了河北，渡過黃河，直逼汴京。徽宗非常害怕，只得把帝位傳給他的兒子欽宗。

欽宗起初本想召集京東，淮西，兩浙的兵來抵抗，但是，經不起臣下的一番勸說，他便改變了方針，決心對金講和，雖有李綱等人竭力主戰，終於沒法挽救了。金人提出的條件是：賠償兵費金五百萬兩，銀五千萬兩，牛馬萬頭，綢緞百萬匹；割讓中山、太原、河間三鎮的地方；並且尊金帝為伯父，再把宰相和親王送到金國去做擔保品。欽宗沒法好想，當即派了張邦昌為計議使，陪同他的弟弟康王構，一同前去。

金帝的第三個兒子，名字叫做兀術；金兵來侵略的時候，就是由他統率的。他看見了康王，覺得他人品不凡，心裡十分喜悅，便認他做了寄子。康王出身貴族，受到這種侮辱，當然很不願意，只因處在這虎狼群裡，無可奈何，便也暫時屈服，認了這仇人做父親。從此，便被他們軟禁在營中，行動都失了自由。

有一天，康王因為心裡愁悶，便裝著假病，獨自躺在營帳裡休息著，他一時想起國破身辱的情景，正在暗暗地落著眼淚；忽然聽得帳外的番兵報告道：「三太子來了！」他便連忙揩乾了眼淚，坐起來迎接。

兀術走到他的臥榻邊，殷勤地撫慰了他一番，並且問道：「我兒現在覺得好些了嗎？」

康王裝著一副笑容，向他道謝道：「現在已經好得多了；只是累了父王勞駕，很是抱歉！」

兀術點點頭道：「好！」遲疑了一會兒，又說道：「我想，你在客中患病，一定很懷念你的故國罷！現在想不想回去？」

康王明知道這是兀術故意來試探他的，倘使回答他很想回去，也許連性命都要不保。因此，便又裝得很坦白地道：「臣兒雖在客中，但是，父王處處對我很關切，和在家裡，又有什麼兩樣？所以，從來也沒有想到過『回去』兩個字！」

兀術十分得意，正打算再問他幾句話，不料這時忽然從空中飛來了一隻大鳥，停在帳棚頂上，向著下面張望了好一會，然後學著中國人的說話道：「趙構，趙構，（注：宋朝的開國始祖是趙匡胤，所以他的子孫也都姓趙。）現在還不走，要等什麼時候？」

兀術雖然不懂中國話，但是，他曾到過中國，覺得這叫聲有些特別，便指著問康王道：「這是一隻什麼鳥？他的叫聲，很像你們南蠻的說話；他到底說些什麼，你可以翻譯出來給我聽聽嗎？」

康王又裝做很氣憤的樣子道：「這是一種凶鳥，我們中國是常有得見到的；他能學人說話，可是，所說的卻沒有一句好話，所以我們一向便很討厭它！……」

兀術不等康王說完，便有些不耐煩起來，他說：「不管它說的什麼話，你究竟懂不懂？」

康王道：「懂的！——他在罵父王呢！」

兀術急得跳起來道：「罵我嗎？罵的什麼話？你怎麼老是吞吞吐吐的，不肯說給我聽！」

康王道：「這話，臣兒不敢說！」

兀術道：「這是那隻鳥罵我的話，又不是你罵我的，說出來打什麼緊？快快說給我聽吧！」

康王道：「他在罵兀術狗，兀術狗，啄斷你的喉，咬斷你的頭！」

兀術這一惱，真是非同小可，他怒氣勃勃地連忙從壁上取下一副弓箭來，說道：「這可惡的小東西，讓我來結果了他的性命！」

兀術剛預備搭起箭來放射，康王忙迎上去道：「這點小事，不消父王費力，還是讓臣兒代勞，把他射下來便了。」

兀術點頭允許，康王便接過弓箭，向著帳棚頂上射去，不料那枝箭恰巧射在那大鳥的嘴裡，它便啣著那枝箭，飛去了。康王連聲喊著：「了不得，了不得！這惡鳥，我一定不放過你！」便趁此機會，似有意又似無意地跑出營門，當即解下一匹馬來，跳了上去，一直跟了那隻鳥，向前追去。於是這平日寸步不准離開營門的孩子，居然被他正大光明地溜了出來。

兀術起先還沒有想到，後來等了好一會，總不見他回來，才知道已上了他的當。連忙催著番兵，牽過他那匹火龍駒來，跨上馬背，急急向前追趕；不一會，就追到離康王不多遠的地方了。

康王聽到後面的馬蹄聲，回頭看去，早認出是兀術親自趕來了，這一嚇，真使他險些兒失了魂魄，當即舉起鞭子，拼命的打著那匹馬，催他前進。兀術望著前面，忽然又看見那匹馬快跑起來，一時不覺火性直冒，隨手取出弓箭，對準康王騎著的馬腿上，射了一箭；可憐，那匹馬只跳幾跳，便倒在地上不能動了；康王也就從馬背上跌了下來。

等到康王戰戰兢兢地爬了起來，重複回頭探望了一下，只見那匹火龍駒，已是愈跑愈近了；他處在這種千鈞一髮的時候，以為一定不能逃過這個難關；但是，老是站在這裡，等人來擒捉，自然也不是正當的辦法。因此，他便掙扎著，使用兩條顫抖著的腿，發狂似的向前逃跑。

幸喜跑不到幾步路，就看見前面樹林裡，卻有一匹壯健的白馬停留著，他便不管三七二十一，老實不客氣地跨了上去。說也奇怪，那匹白馬不等康王坐定，早已展開四個蹄子，潑剌剌地往前飛奔。兀術看到這種情形，第二次又扳弓搭箭，接連向著那匹白馬射了幾箭，可是結果，卻連馬毛也沒有損壞了一根。他心裡更是惱怒，便一直在後面緊追不捨。

那匹白馬跑著，跑著，很快地跑了好幾里路，康王正在快慰，偶然舉眼一望，卻看見橫在眼前的，竟是白茫茫的一片，頓時心裡一慌，不覺「哎喲」一的叫了一聲；原來前面有一條大江阻擋著，江裡又沒有船隻往來，怎能渡得過去呢！

哪知那匹白馬跑到江邊，用不著康王鞭策，便已躥入江中，仍舊像在平地上一般的飛奔著；所以，等到兀術趕到，康王已是渡過了江，去得很遠了。

康王上得岸來，總算才安了心，他便跳下了馬，暫且坐在草地上休息一會，預備再走，不料一瞥眼，那匹白馬便不見了。這時候，天色已晚，康王的身體也疲憊不堪了，哪裡還能夠徒步趲趕路程，幸喜江邊正有一座古廟，他便決心到廟裡去寄宿一宵再說。

他一進廟門，便看見神座下面，站著一匹白馬，那形狀和他剛才騎著過江的，竟是一模一樣；再仔細觀察了一會，又看出它滿身溼漉漉的，還在滴著水點，心想：「怎麼泥馬沾了水，卻不會鬆散呢！」不料他正在這樣想著，那匹泥馬便坍倒下來。

後來康王回到朝中，做了皇帝，便是南宋的高宗。

孟母六遷

費盡了許多氣力，流了一身臭汗，年輕的孟子，總算軋到了一升平米，歡歡喜喜地向家裡走去。他推開了後門，走進客堂間，只看見那個斜眼的二房東嫂嫂，正在和他母親咕噥著：

「孟家嫂嫂，今天我是已經第三次來和你商量了，謝謝你，請你們盡這個月底以前，另外去找找房子看！實在，你天天晚上要織布，那種咕咕嘎嘎的聲音，吵得我們一家人都不能睡覺；你是知道的，我們先生，每天天沒有亮，就要到電車公司去上班，要是常常脫班，不但要扣工錢，還有停生意的危險呢！」

「二房東嫂嫂，你這話說得也太奇怪了，我們搬到這裡來，不是一天兩天了，我織布也不是現在才織起，怎麼你早不說，遲不說，忽然倒嫌憎起我們來了？」

孟母雖然富於涵養，這時候也有些生起氣來。

「老實對你說，你們在這裡住了幾年，僅僅在上年加了我五塊錢房租，近來百物漲價，水費加了，電燈費也漲到七角大洋一個字，你們天天熬到老晏才睡覺，叫我怎樣擔負得了？」二房東嫂嫂哭喪著臉。

「照你的意思，不過想叫我們貼補點水電費，是不是？其實，這一晌棉紗也買不到，我的織布工作已經停了好幾天了；不過，我們這個孩子，天天晚上既然要溫習溫習功課，總不能叫他在黑暗中摸索的啊！」

「說起你的孩子，我就沒好氣！」二房東嫂嫂瞧了瞧孟子剛才拿進來的那個米袋，「他每天老是嘮叨著仁義道德，可是，前幾天我想託他去軋一趟米，交給他一個藍布米袋，他卻對我說：『藍的綢綢不行！』①一定不肯接過那個米袋去。我那個米袋果然是藍的，不過，卻是老布做的，並不是綢的綢的，有什麼不行，我也不知道他安的什麼心？他眼看著街坊餐餐吃苞米粉，高粱粉，一些忙也不幫，難道可算是有仁義的嗎？哼哼！」

孟母這才明白，原來她的逼迫他們搬家，就是為了孟子不肯替她軋米的事，兩方面既然已經傷了感情，如若再同居下去，一定不會有好結果的，只得答應她，等找到相當的屋子就搬家。

二房東嫂嫂拐著八字腳，登登地上了樓，孟母便對他的兒子道：「阿軻，前幾年，你的年紀還小，第一次，我們住在墳墓旁邊，你就學著造墳墓。我因為不願你做這種下流的行業，第二次，便搬到街市上去住，哪知你看到了那些開鋪子的，又學他們做買賣，齊巧，他們正在囤積居奇，狠心辣手地剝削著一般平民，你想，我會願意你去幹那種不道德的事嗎？所以，第三次便搬到學宮旁邊去住，幸虧，你看到了那裡的祭祀，居然也學著陳設俎豆，學習起禮儀來了；因此，我倒也就安了心。不料，這次事變發生，戰事很快的蔓延到我們家鄉，我只得帶了你，避到上海來住，——這是我們第四次搬家。現在，她既然幾次三番地逼我們搬家，冷言冷語的，我委實有些受不住；再加上她那種白相人嫂嫂式的流腔流氣，我們寡婦孤兒，哪裡是她的對手，我想，我們不如去找找屋子看，要是有合適的，我們就再搬一次家，讓了她罷！」

「可是，媽媽，在這屋子荒的時代，到哪裡去找尋呢？」孟子躊躇著，兩眼望著他母親。

「阿軻，你難道不看報紙的嗎？這幾天當局正在著手疏散租界人口，回鄉的人，據說已經有幾十萬。你閒在家裡，反正沒有事，不妨到馬路上去蹓躂蹓躂，要是看到了紅紙召租貼子，趕緊回來告訴我，好讓我去接洽！」

孟子答應一聲「OK！」急忙放下剛才向小書攤上租來的那本《鐵扇公主》連

環圖畫，興匆匆地跑出了家門。

當他走過了一條馬路，就望見公坑所前面，果然有一張紅色的招貼，高高的揭著。這真使他歡喜得跳了起來，他三腳兩步地跑到牆邊一看，只見「召租」兩個大字下面，寫著幾行小字是：

「今有亭子間一間，電燈自來水俱全；願以廉價出租，租金每月約三十元左右。有意者，可向〇〇路〇〇里第〇〇號接洽！——注意：人多莫問：無保不租。」

孟子想：一間亭子間，也足夠我們娘兒倆居住了。只是，母親那張笨重的織布機，怎麼安置呢？這倒必須和她商量一下才可以決定。他喜逐顏開地跑回家裡，當即把這事實，報告給母親聽，孟母說：「照這個局面看起來，布是一定織不成的了！反正這幾天，煤球也買不到，倒不如把這布機劈碎了，當做燃料燒了吧！現在，趁米還沒有下鍋，我就和你去看看屋子再說！」

孟子跟著母親，照著那張招貼上的位址找去，好容易，才找著一幢石庫門單開屋子，他敲門進去，說明了來意，二房東見他們人口不多，居然陪下了一臉笑容，領他們向樓上走去。孟母對於這種千篇一律的衖堂屋子，本來是無所謂合意不合意的，她要親自來過一過目，無非是為了「擇鄰」，所以她走上樓梯，僅僅在屋子裡轉了一轉，就回出來了；她一眼望到前樓房門口，就瞥見一個妖妖嬈嬈的少女，燙著鬈髮，塗著口紅，披著一件豔麗的睡衣，下面還露出兩條雪白的粉腿；兩隻水汪汪的眼睛，只是骨碌碌地望著孟子身上，眨也沒功夫眨一眨。那二房東卻趁這機會，做起他的廣告來了。他指著她說：「前樓住的，是蝴蝶舞宮的一位舞小姐，她營業很好，不大在家裡的，所以，這屋裡很清靜，很清靜！」

哪知孟母不等他說完，就催著孟子道：「阿軻，走吧！看她那種袒裼裸裎的樣子，真是鳥獸不可與同群，我們走吧！」她頭也不回，就帶著孟子，氣沖沖地回了出去。

運氣真好！他們剛出〇〇里，就在一根電杆木上，又發現了一張召租招貼，這是一個灶披間，雖然比亭子間又次了一等，可是租價卻還要二十多元。孟母說：「管他呢，且去瞧一瞧再說。」於是，孟子又踉踉蹌蹌地跟著母親，踅進了隔壁的一條衖堂。

敲了幾下門，就有一個麻臉大漢，打著一口江北上海白，粗聲暴氣地問：「你們來找啥人？」孟母回答他是來看屋子的，那大漢就領他們到灶披間裡。孟母一看到四壁烏黑的煤煙痕跡，心中就有些不願意，只因需要屋子的心很急切，姑且問他道：「房租要多少錢呢？」

「二十五塊！」

「能不能減少一點呢？」孟母和麻臉大漢磋商著。

「不能，不能！阿拉已經特別客氣。你去問問看：隔壁那個灶披，租到三十塊錢呢！而且，電燈只有五個瓦特，阿拉是十個瓦特！」大漢堆著一臉的假笑。

「那麼，我先放兩塊定洋在這裡，明天再來和你接洽罷！」孟母生恐另外找不到屋子，來了一個緩兵計。

「慢點，慢點，我們還有條件呢！」

「什麼條件？」

「你如果願意住阿拉的房子，阿拉先要向你借三百塊錢！」

「這算什麼呢？當局不是已經發過通告，禁止二房東收受小費押租嗎？怎麼還要三百塊錢？」孟母振振有詞地說。

「這不是小費，也不是押租，我已經向你說明是借款！」

「借款，那麼什麼時候償還呢？利息怎麼演算法？」

「利息是要叨光的了！我還得再向你說明一下：我是把這幢屋子統統租出了，不日就要回鄉下去；這裡的房租，以後就託前樓的王先生——我的親戚代收，至於我要什麼時候再回上海，那是說不定的了；總之，我們再能碰頭的時候，就可以歸還這筆借款！」

「這不是變相的小費嗎？你真是一個聰明人！可惜，我是貧苦的寡婦，實在拿不出這筆錢。」孟母說著，拉著她的兒子就走。

出了後門，才遵守著禮法，補了一句：「對不起！」

從這天起，孟子東奔西走，一直找不到屋子，可是，那二房東嫂嫂，卻愈逼愈緊了，甚至宣言要叫白相人來驅逐。

有一天，孟母和管衖堂的麻皮阿金談起，他才很惋惜地道：「你為什麼不早些告訴我？前幾天，聽說衖口那家山東大餅店裡，有一間前樓要出租，你們要是把它租下來，彼此都是同鄉，倒是很合適的。」

孟母聽說，等不及他的話說完，就一縷煙跑到衖口那家大餅店裡去打聽。幸虧，那間前樓還沒有租出，而且，那位山東老闆，也很講鄉誼，他說：「咱們都是出門人，咱也不想賺你的錢，一間前樓，連水電在內，算五十塊錢吧！」

孟母覺得這數目還嫌貴些，但是，一則是同鄉人，大家比較有些照應，二則預備在軋不到平米的時候，可以買他的大餅和實心饅頭充饑，一舉兩得，不妨就答應了他。她只希望能夠買得到棉紗，能夠繼續她織布的工作，這一點生活費是一定有著落的。因此，她便很爽快地丟了五塊定洋給他。

到了月底那天，孟子就跟著母親，實行第五次搬家，搬到那大餅店樓上。自然，因為這屋子比較寬敞，起先想把那布機劈碎當燃料的計畫，也就打消了。

這樣又過了一個月，上海的生活，更是一天難過一天了；孟母手頭的一點積蓄，漸漸的越發短少了下去。打聽織布的原料，依舊是沒法可以購買。的確的，即使孟子再發生蹺課的事，她也沒有「斷機教子」的機會了。至於軋平米，倒並不在顧慮到軋不著軋得著，卻在湊不湊得齊這一塊七毛錢的問題上。

起先，她只是仗著同鄉的情面，向那山東老闆商量，每天給她賒幾個大餅饅頭，母子倆暫時充充饑，居然也度過了好幾天的生活。可是，真所謂禍不單行，齊巧租界上的麵粉，也漸漸地到了油乾燈草盡的地步；不但那山東老闆，做不出大餅和饅頭來，連帶害得孟家母子倆，也斷絕了糧草，再沒有大餅饅頭可賒了。

於是，孟氏母子倆，便陷入了困境。同時，山東老闆也天天愁眉不展。

經過他們房東房客開了一次小小的同鄉會，大家認為上海是再不能住下去了；為了免得流落在他鄉，大家便議決結伴回鄉去。

過了一天，他們領到了回鄉證和半價船票，和這大上海告別，開始他們第六次的遷移。

孟母所認為最遺憾的，就是那架和她相依為命的織布機，終於以最低廉的代價賣給一個收舊貨的，劈碎做燃料了。——這就是他們母子倆的一筆回鄉旅費。

（《萬象》第一年第十一期，一九四二年五月一日）

注①：諧音「男女授受不親」。

鄭俠的流民畫展

一抹朝曦，照臨在宋政府特設的藝術之宮——翰林圖畫院的屋頂，漸漸地移到屋簷下的那條白布橫額上，額上寫著的幾個擘窠大字，顯得格外的有力。過路的人，遠遠地就看清楚是：「鄭俠流民圖畫展覽會。」

這時候，畫院的大門還沒有開啟，有幾個人拿著入場券的藝術愛好者，便等候在前面草地上，互相談論起來：

「昨天有個朋友，送了張入場券給我，只是不知道這位大畫家鄭俠，到底是個什麼人？怎麼在藝術界從來沒有露過臉？」A開始表示他的意見。

「也許是國立藝術大學的一位教授吧！」B這樣猜測著。

「不要是一位無名的窮畫家吧？他大約眼紅著那批開畫展發了小財的同行們，所以也想如法炮製一下了！」C的話裡，很含著些譏諷的成分。

「我真不懂，現在物價瘋狂地上漲，有些人連吃飯都發生問題，怎麼還有這些有閒階級，拿出成千成百的閒錢來，買這種饑不可為食，寒不可為衣的圖畫？」

A感慨地接著說。

「你還不明白嗎？現在一般囤虎們，雖然已經受了統制和限價的打擊，但是在過去，他們卻已經吃飽了，那些不義之財，整千整萬的，一時哪裡花得完？因此也要來附庸一下風雅，買些書畫玩玩了。」C有意無意地答覆A的疑問。

「聽說，他們收買書畫，倒並不在附庸風雅，目的還是為了生意，想把當代名書畫家的作品囤積起來，將來傳給子孫，可以當古董出賣。」B也言之成理。

「不對！不對！你們這些猜測，都和這位鄭先生不相干……」站在一旁的D，突然參加了進來。

「唔！你倒知道這位鄭先生的！他到底是個怎麼樣的人呢？」A很興趣地問。

「他是一個小小的現任官吏——安上門的監門吏，難怪你們不知道他的底細！也許，就因為別人不知道他的這一手藝術才能，所以要開這個畫展來揚揚名吧！」D似是而非的充著老舉。

「哦！哦！我記起來了！他就是那個反對王丞相行新法的鄭介夫，我一向只知道他是一個不識時務的書呆子，怎麼倒也學起那批投機畫家來了？」A彷佛恍然大悟地微笑著。

一會兒，畫院的大門開了，他們便蜂擁了進去。

院裡已經布置得整齊，壁上一幅幅掛著的，全是鄭俠親手繪成的人物畫，雖然他的畫法不怎麼高明，只是徒有輪廓的漫畫，可是，在表情方面卻已達到了「栩栩如生」的階段，使那些參觀的人，同聲讚嘆不絕。

至於這許多畫幅的意識方面，可說是每幅都飽含著辛酸之淚，看過的人，會把這些深刻的印象，永遠留在腦膜上……。

「一個躺在地上的老頭子，肚子癟得像一隻空荷包，四肢都枯乾得像四條細竹竿；他的臉上，蓋著一張破紙，分明是剛才餓得支援不住，斷了氣了。他的四周，跪著一群赤脛露肘，面如菜色，和他一樣骨瘦如柴的妻兒孫女，啼哭得非常悲傷。」

「幾百個衣衫襤褸的男女，肩上挑著擔子，扶老攜幼地，在坼裂了的田地上奔跑著，正向城市中去逃荒。」

「一個中年男子，抱著一棵大樹，拼命地在啃那樹皮，滿臉的皺紋，顯明地把他那種在饑餓線上掙扎的困苦，一齊表現了出來。樹上，還有一群饑民在採樹葉吃。」

「是徵發在修城的囚犯們，他們雖然帶著腳鐐手銬，餓得不成人樣了，卻還是扛抬著磚石木材，有氣沒力的在皮鞭下工作著。」

「一個高年婦人，帶領著四五個小猴子似的孫兒女，跪在路旁，面前攤著一張地狀，在向行人磕頭求助。」

「兩個饑民，不知從哪裡弄到了一團觀音粉，因為互相爭奪的結果，兩個人打得鼻青眼腫，滿臉淌著鮮血。」

「也是一個餓死了的流民，他冷清清地躺在地上；守在他身旁的，不是他的親屬，卻是幾隻兇惡的大野狗，貪婪地正在分食他那枯瘦的遺骸。」

「一對壯年夫婦，挈領了一個七八歲的瘦女孩，在她頭上插著一個草結，張著口，仿佛在叫賣著。那女孩畏縮地抱著她母親的手臂，不住地拭著眼淚。」

「……………………………………………………」

「真淒慘！真淒慘！怎麼這位鄭先生，專門繪畫些令人怵目驚心的景象？」參觀者E在發表意見了。

「你不看見門口布額上，寫明是流民畫展嗎？」F接著說。

「哪裡來的這許多流民，怎麼從來也沒看見過一個？」G也覺得有些詫異。

「我們舒舒服服地住在這個首善之區的汴京城裡，當然是看不見這些流民的；只要你出城數裡，也許不難見到這些景象了！」F十分同情地說。

「哦！那麼鄭先生為什麼要把他畫出來，給人參觀呢？」G似信非信地問。

「就因為我們這些住在京裡的人，不知道民間的疾苦，所以要畫出來給我們瞧瞧啊！」

原來這一年，正是神宗皇帝登極後的第七年——熙寧七年。宰相王安石，雖然是有學問，有毅力，竭力要想把國家整頓好來，可是，他手下所用的一班官僚，大都是貪汙小人，因此營私舞弊，搜刮民財，壓迫得百姓們透不過一口氣來。再加上天災流行：上年——熙寧六年，稻麥剛結了實，便發生了蝗蟲的災禍。秋冬時候，又遭逢著亢旱，自從七月裡起，直到本年三月，連一顆小雨點也沒有降下來過，因此，百姓的生活受了嚴重的打擊。各處的饑民，吃盡當光，甚至把自己的住屋也拆下來，零碎當柴火賣。最後，才挈領了全家，逃荒到別處去。

幾個比較富的城市，本來還可以勉強自給的，經不起一批一批逃荒的難民過境，他們打起「有飯大家吃」的口號，猶如春蠶食葉一般的，把幾個大城市也吃窮了。那些居留在汴京的官僚們，他們還想粉飾太平，非但不把災情報告上去，甚至派了一大批兵丁，在城門口守衛著擋住那些流民，不許他們進城來，這一來，不要說深居在宮裡的神宗皇帝，一點都沒有知道，竟連那位王丞相王安石，也被他們瞞得不聞不見。

鄭俠，他天天坐在這座安上門門樓上，對於這種情形是曾經親眼目睹的，只因他官職微小，沒法把它向天子申訴。他思索了好幾天，才給他想出一個宣傳的方法來——這就是他舉行這次畫展的目的了。

這個畫展繼續了三天，每天參觀的人，越來越多，漸漸地把這風聲，透露到皇宮裡去了。神宗皇帝本是一個勵精圖治，憂國憂民的主子；他常常為了國事，食不甘味，寢不安枕，現在突然聽到了這回事，怎麼使他不焦急呢！到了第四天，他便決定要御駕親幸畫院，把這些流民圖實地觀察一下。

鄭俠聽到了這個消息，真是歡喜得比升了官還要得意；他一邊打起精神，預備在畫院裡接駕，一邊便手草一篇奏疏，打算當面呈交神宗皇帝御覽。

等呀等的，神宗皇帝的御駕終於向畫院來了。鄭俠恭而敬之的在門口接駕。在神宗皇帝的一番撫慰下，他便完成了呈遞奏疏的目的。他的那封奏疏，大略是這樣說的：

去年大蝗，秋冬亢旱；麥苗焦枯，五種不入。群情懼死，方春斬伐，竭澤而漁；草木魚鱉，亦莫生遂。災患之來，莫之或禦，願陛下開倉廩，賑貧乏，取有司掊克不道之政，一切罷去；冀下召和氣，上應天心，延萬姓垂死之命。今臺諫充位，左右輔弼，又皆貪猥近利，使夫抱道懷識之士，皆不欲與之言。陛下以爵祿名器，駕馭天下忠賢，而使人如此，甚非宗廟社稷之福也。竊聞南征北伐者，皆以其勝捷之勢，山川之形，為圖來獻，料無一人以天下之民質妻鬻子，斬桑壞舍，流離逃散，遑遑不給之狀上聞者。臣謹以逐日所見繪圖，但經眼目，已可涕泣，而況有甚於此者乎！如陛下行臣之言，十日不雨，即乞斬臣宣德門外，以正欺君之罪！

神宗皇帝看完這封奏疏，臉上早已現著十分同情的顏色。當時，就叫鄭俠陪他參觀那些畫幅。他看一幅，嘆一聲氣，等到全部看完，眼睛裡溼漉漉的，忍不住滴下淚來了。他搖著頭說：「這都是我一個人的罪過呀！」

這一夜，他回到宮裡，卻平添了一件重大的心事，思來想去，竟至全夜沒有睡熟。

天一亮，神宗皇帝就從龍床上起了身，親手執筆，草了一道諭旨，把所有貪汙的官吏檢舉出來，一個個治罪，並且從常平倉裡發出大量米穀來，賑濟全國災民；……一共發表了十八件整頓國事的辦法。同時，他又責備自己的疏於防範。於是，百姓們歡聲雷動，個個都互相慶賀，盼望著好日子就要到來。果然，過了三天，忽然天上烏雲密布，淅淅瀝瀝地下了一陣豐沛的大雨。

一九四二・八・三十，於秋長在室

（《萬象》第二年第四期，一九四二年十月一日）

舉碗齊眉

秋是老了。緊峭的西風，從那高山上刮下來，樹枝上一片片枯葉兒，跟著它簌簌地飛舞；這種初寒的氣候，給與窮人們莫大的威脅。

在平陵縣城外的一條官道上，這時候蹀躞地走著一個青年人，他穿著一身國立大學的破舊的制服，袖口上已經打了幾塊補綻，這是顯示他平日勤於寫作的憑證。他嘴裡吟著他得意的創作：——

遊舊邦兮遐征，
將遙集兮東南；
心惙怛兮傷悴，
志菲菲兮升降……

這青年姓梁名鴻，字伯鸞，本是平陵人氏；他父親梁讓，在王莽當權的時候，做過城門校尉，並且封了脩遠侯的爵位，曾經顯赫一時。他對於父親的依附王莽，內心是感到非常苦悶的。可是那時候他的年齡還很小，終於也無可奈何。漸漸地，王莽廢了孺子嬰，自稱新皇帝，演出了篡位的活劇，全國便陷入混亂時代，加上他的政令十分煩苛，四方盜賊蜂起，百姓在這個大漩渦中掙扎著，大都是沒法維持生活了。梁鴻的父親，就在這個時候死在北方；他的家庭，也就此破了產，梁鴻從此流落異鄉，度著十分艱困的日子。

等到宗室劉秀，起兵舂陵，大破莽軍於昆陽，新皇帝雖然被殺了，但是，那些銅馬、赤眉……等亂賊，還是到處騷擾。梁鴻畢竟是一個好學的青年，他眼看著大局稍稍平定，便考入國立大學（太學）肄業。他不管家境怎樣貧苦，一心只在學問上努力，書固然讀得不少，他卻不在死板板的章句上用功夫。

那時，最使他受到威脅的卻是戰後物價的高漲，無論經他怎樣奮鬥，漸漸地竟連苞米粉也無法購買了！他這才知道窮苦子弟的入學讀書，竟比富人進天國還要難些。他眼看著同學們戴上了方帽子，一批批的放洋鍍金去了，只有他，為了自己的肚皮，終日東奔西走地向人借貸，直到借無可借的時候，他又不願到馬路上去搶大餅、油條，只得把他心愛的全部線裝書，搬出來擺了一個小攤子，減價拍賣。幸虧紙價也一天天的在高漲，所以，他的那些舊書，倒也賣了一大筆款子。他想：亂世文章是不值錢的，要是照這樣發呆地讀死書讀下去，總有一天會坐吃山空，直到餓死在街頭為止。於是，他腦筋一動，便想出一條生財大道：他把所有的賣書錢，去買了一群小豬來餵養著，搖身一變，他竟變成一個牧豬奴了。

爭奈「禍不單行」這句話，又應驗到了他的身上。有一天，梁鴻正在料理晚餐，不知怎樣一個不小心，把爐子裡的火，遺落在稻柴堆上了，到了半夜裡，那熊熊的火焰，很迅速地就竄出了屋頂。等到梁鴻起來灌救，已經來不及了，並且延燒到左鄰一個商人家裡，把他囤積著的貨物燒去了一部分。幸虧，梁鴻的豬舍，離開得較遠，他的幾十隻豬玀，總算全部救了出來。

燒去了這些囤積貨，在一般吃過他們苦頭的平民，當然是人人拍手稱快，可是，那個黑心商人，卻像是割了他的一塊肉那麼痛心了，他便怒沖沖地找到了梁鴻，要他照價賠償。梁鴻除了他的幾十隻豬玀以外只是一個窮光蛋，而且，像他那樣的書生本色，哪裡經得起那白相人式的商人的恫嚇，他看見那商人來勢洶洶，便不問損失多少，竟一口答應，願意拿全部豬玀賠償他。

這一來，梁鴻真是身無長物了！當地的生活程度，更是一天高似一天，他想到家鄉平陵，還有幾間破屋，幾畝田地，因此，便打定主意，趁這機會回鄉去另謀生路——那一天，他在平陵城外官道上蹀躞著，正是他走盡了漫漫的旅途，漸漸地和故鄉接近的時候。當他進了城，走到離家不遠的地方，忽然前面有一個老人喊他道：「是伯鸞嗎？你怎麼回來的？」

梁鴻連忙走近一步，定睛一瞧，原來是從前的一位老鄰居，也是他父親生前的一位好朋友；他來不及地向他鞠了一個躬：「老伯，長久不見了，你老近來身體想必很康健！」

「老了！不中用了！只是，我聽說你在外面做著豬玀生意，已經發了一筆大財，這次回來，大概是要置些產業吧！——如果我猜得不錯，這件事你可以交給我去辦，包你不會吃虧！」那老鄰居顯著一臉的諂笑。

「老伯說哪裡的話，我自從父親過世以後，更遭著連年的戰爭，甚至個人的生活還解決不了，哪裡會發什麼財！」

「越是亂世，發財越是容易，你不看見多少靠囤積起家的人，他們手裡握著整千整萬的鈔票，鉤心鬥角的在玩著花樣，壓迫得老百姓透不過一口氣來。伯鸞，你不要瞞我了，這裡遠近十方里以內，誰不知道你在那些豬玀身上撈進了一筆！

你又何必裝窮呢？」

梁鴻沒法和他分辯，只得裝著笑臉，和他告別了。哪知，他在家裡僅僅住了三天，不知有多少親戚故舊，都得到了風聲，成群結隊地趕來拜訪他，使他忙碌得無法應接。最奇怪的是，還有許多人，願意盡義務給他做撮合人，勸他趁早娶一房媳婦兒，他們都說：「梁少爺現在名成業就，應該要組織一個家庭了，像某家的小姐，臉蛋兒既長得豔麗，性情又非常嫻淑，要是你有意的話，真是郎才女貌，門當戶對呢！」

梁鴻自知是一個徹底的窮人，所以，他對於婚姻的物件，決定要娶一個能夠刻苦耐勞，不尚浮華的女子。經他多方選擇，覺得那些來做媒的，都不是他理想中的人物。最後，有一家姓孟的人家，也挽出一位媒人來說合了。那媒人倒也並不說什麼花言巧語，他老實地聲明：那位小姐長得又肥又黑，相貌是不大高明的，只是她自己宣言：要不是像梁鴻那麼的青年，她是情願一輩子，決不出嫁的。

這位小姐，家裡很有些錢，照理，這樣的一個富室千金，一向在交際場中出入，見多識廣，多少世家子弟，她都交結過，是不會看相一個書呆子的。現在，她竟這樣熱烈的一定要嫁給梁鴻，到底是什麼緣故呢？——據說，她實在是一個癡情的女子，她曾經在一家照相館裡，看到過梁鴻的一張照片，覺得他那翩翩的風度，委實是她生平所沒有遇到過的，從此便一見鍾情，眠思夢想，非得嫁給梁鴻這個小白臉不可了。她現在年紀已經過了三十歲，卻還是孤眠獨宿，過著老處女的生活，她曾經說：「只要能夠做到梁鴻的夫人，無論怎樣都甘心忍受；無論什麼都願意犧牲！」

在梁鴻一方面呢，聽到了這種傳說，已是非常地同情她，而且，她的容貌既然十分醜陋，自然不致像一般摩登小姐那麼地濫施愛情，朝秦暮楚了。要是和她過著共同生活，他理想中淡泊寧靜的家庭，就不難實現了；他對於這位孟小姐，因為竟也十分地合意，便一口答應了那位媒妁。

因為孟小姐的傾心於這位梁先生，婚事進行得非常順利，不到幾天，他們只在報紙上登了一則結婚啟事，當日就完成了這個大典。孟家既然是富室，當然贈嫁的妝奩，也相當的豐盛，光是化妝品一項，像三花牌的香粉，胭脂，「4711」香水……等舶來貨，都是整箱整箱地抬進了門；衣服呢，除了五光十色的外國綢緞做的旗袍以外，只就冬季大衣一項，有了海勃龍的不算，還加上貴重的黑貂和白犬面皮的……這使梁鴻這窮小子，看得咋舌不下。

在蜜月中，孟小姐更是脫套換套的，打扮得花枝招展，竟把她癡肥黧黑的醜態遮掩去了一大半；可是，這位梁先生卻覺得有些看不順眼了，他只是擔著心，他想，這樣一位奢侈的小姐，以後怎麼養活她呢！

他由擔心而悔恨，由悔恨而發起氣來，因此，自從孟小姐進了門，他一直沒有和她開過一句口，一連七天，老是相對默默的；孟小姐嫁了這樣一個緘口的金人，心裡倒有些著急起來了！起先，她還有些驕傲，有些怕羞，一逕也不敢問他；後來，漸漸地有些忍不住了；她並不是為了想起孟子那句「良人者，仰望而終身」的話，生怕失歡於丈夫，將來沒有靠傍，實在還是心愛這個小白臉，不願失之交臂，所以，終於老著面皮，在床前跪了下來。她說：「My darling，我們結婚已經有了一個禮拜了，你為什麼不和我說一句話？是不是因為我的妝奩太蹩腳了？」

梁鴻只是大模大樣地對她搖搖頭。

「那麼，是不是因為我的相貌太不漂亮了？」

梁鴻又接連著搖頭。

「我是情願為你犧牲一切的，只是求求你，不要再生氣，不要再這樣的不睬我！」孟小姐說著，不覺傷心得嗚嗚咽咽地哭起來了。

「你起來，讓我對你說。」梁鴻雙手扶起了她，讓她在贈嫁來的一張沙發上坐定了：「我覺得現在的時勢太澆薄了，一般青年男女，整天的只知道享樂，上跳舞場，開旅館，跑賭窟，玩嚮導……最規矩的，也得做幾身幾千塊錢一套的西服，吃幾十元一客的大菜……要知道，在這個大時代中，國家的元氣已經喪失殆盡了，我們年青人，誰都應該刻苦自勵，共同努力的，怎麼可以只管穿好的，吃好的，專門向著墮落的路上跑！我的不滿意於你，就因為你的享用太奢侈了，從今以後，你只要能夠摒棄了那些奢侈品，和我共同過著淡泊的生活，我是一定會愛你的！」

「好，Dear，我一定聽你的話！等會兒去叫一個拍賣行的跑街來，把我這些妝奩一概拍賣了，然後從這縣城裡撤退到窮鄉僻壤去，或許我們的生活負擔可以減輕，和那些糜爛的人群，也可以遠離一些了！」

梁鴻表示十分同意，他說：「能這樣，才真正是我梁鴻的好妻子了！」當時便替她取了一個名字，叫做孟光，字德曜。並且，立刻照著她的話實行，不久他們便搬到霸陵山中去過著最低級的生活。只是，山中到底太偏僻了，又因匪賊橫行，交通也斷絕了，他們的食糧便發生了問題。

他們輾轉奔波，把兩人僅有的一些資財，一齊消耗完了，最後，便流落在吳地。幸虧，那裡有一家姓皋的富家，主人名叫伯通，平日輕財仗義，樂善好施，他們倆只得懇求他收留下來，暫時借他的廊簷下，做了歇宿的地方。

過了幾天，梁鴻總算找到了一件工作了——每天到外面去做短工，替人家舂米，用勞力去換得夫婦倆的口糧，倒也於心無愧。在這種苦難的日子中，孟光非但不怨悔，並且兩人相敬如賓，愛情十分濃厚。梁鴻每天工作完畢回家，孟光早已把飯菜預備好了，她盛好了飯，用兩手捧著碗，一直高高地舉到眉毛邊，很恭敬地送給她丈夫。那房東皋伯通，看到他們這樣安貧樂道，相親相愛的樣子，不覺打著吳儂軟語，說道：「俚篤兩家頭要好得來，勿曉得格位梁先生用仔啥格手段，弄得伊家主婆實梗服服貼貼。」他因為同情他們的境遇，便撥出一間屋子來，給他們居住，並且供給他們的伙食。梁鴻得到了這個機會，便閉門謝客，安心地從事於寫作生活，終於著成了好幾部書。可惜，在這百物漲價的時候，只有窮人的文章不值錢，因此，他的著作直到現在還沒有出版。

（《萬象》第二年第五期，一九四二年十一月一日）

當爐豔

一排十二扇花格子的玻璃長窗，都裝飾著極精緻的浮雕；窗外有一條丈把闊的走廊，圍著翠綠色的鐵欄杆；欄角高高地擺著四盆建蘭，時時散布幽香。簷下的一個金架上，站著一隻錫蘭種的白鸚鵡，正在學著嘴，高唱：「O，Mamma！」

長窗以內，是一間富麗的客廳，那些髹漆得晶光燦亮的家具，配著那厚玻磚的桌面，和克羅咪的另件，愈加閃耀得使人睜不開眼睛來。這時候，靠窗那張來路貨西門子彈簧的長沙發上，正坐著兩位半老的紳士；他們雖然頭髮已經花白了，卻還是學著青年們的流行裝束，穿著筆挺的西裝，打著花花綠綠的領結，模樣兒倒是挺摩登的——他們是一主一客：主人卓王孫，客人程鄭；卓家有僕役八百人，程家也有幾百人，都是臨邛縣裡一等大富翁。

在他們打過了一陣哈哈以後，只聽那主人卓王孫說：「到底，我們都老了，憑你每晚花上幾千幾百，狂買舞票，但是，那些小花貓啊，小鶯兒啊……從來也不肯輕易地給我們嘗些甜頭！」

「誰說不是呢！這種燈紅酒綠、旖旎風光的場所，本來只合那些年青的哥兒們流連，像我們，不但玩得有些膩了，而且，也應該識相一點，……所以，我說，我們從今以後，應該轉變一下，找些別的玩意兒來消遣一下！」客人程鄭，提出了這個意見。

「不錯！老程，我昨天得到一個報告：這裡的王縣長，新近接來了一位貴賓，聲勢非常顯赫，現在還住在都亭大飯店裡，據說，王縣長每天親自去拜訪他，招待得十分恭敬，我們何不借此名義，請他一次客，大家熱鬧一下！」卓王孫很想聯絡縣長，連帶也願意和這位貴賓結交。

「那倒不錯，我也可以參加！只是，那位貴賓，到底是怎麼樣的一尊人物，你知道不知道？」

「你不知道嗎？——他就是那個文學家成都司馬相如，字長卿的。從前在孝景帝那裡做過武騎常侍，後來又在梁孝王那裡幫過閒……」

「哦！我記起來了！他不是那篇有名的〈子虛賦〉的作者嗎？——那麼，你打算在什麼時候，舉行這個宴會呢？」程鄭恍然大悟地也希望這個宴會早日實行，為的是順便也可以大嚼一頓。

「等一會，我就叫書記預備請柬，明天或許來不及，你看後天中午怎麼樣？」

「好！很好！我想那個縣長王吉，也得邀請他一下！」

「當然！當然！」

「那麼，我們準定後天再見了！」

「早些來，我們可以談談。」

「一定！一定！」

程鄭告辭回去，卓王孫立刻吩咐書記寫請柬；並且通知廚房裡，預備起數百客豐富的大菜來。

到了第三天，凡是接到卓家請柬來赴約的，共有幾百個人，都是地方上有名的人物。一會兒，縣長王吉也來了，只有那特客司馬相如，卻還不見蹤影。大家忍著饑，直等到日中，還是不見他到來。卓王孫要是請不到這位特客，於他的顏面有關，只得派人去催請，哪知那司馬相如躲在大飯店裡，竟搭起臭架子，裝起病來了，終於還是由縣長王吉自告奮勇，乘了車子到那都亭大飯店去迎接，他才無可奈何地坐了一輛木炭汽車趕了來。

賓客們都知道這位司馬先生是一個小白臉，大家渴望著要一瞻他的風采，所以一聽見汽車喇叭嗚嗚響，連忙爭先恐後地迎了出去，把他擁進了客廳裡。雙方經過一番介紹，剛寒暄了幾句話，一方面，那八百個穿著白布制服的僮僕們，早已把全副刀叉飯巾等，都準備齊全了。

這時候，雖然是在鬧著糧食恐慌，豬肉黑市賣到十八元一斤，但是，像卓家那樣的富戶，只要拿得出法幣，依舊可以照常的備辦一切，不論豬排、炸板魚、鐵排童子雞、燴山雞太太沙司……等等，還是一道一道燒得色香味俱全，甚至連普通病人都定不到的牛乳，他們還是照常沖著咖啡喝。酒呢，匯司蓋、三星白蘭地，開了一瓶又一瓶，大家喝得酒酣耳熱，才由臨邛縣長王吉，站起來說道：「這位司馬長卿先生，不但長於文學，而且也愛好音樂，現在，我想請長卿先生一奏妙技，讓我們享受一些耳福，不知諸位的意思，以為怎麼樣？」

「贊成！贊成！我第一個贊成！」主人卓王孫醉眼朦朧地舉起了手嚷著；同時指著座旁的那架鋼琴說：「這裡有現成的披霞娜在著，就請長卿先生來彈一曲吧。」

司馬相如起先是照例地謙遜著，推辭著，坐在座位上不肯站起來，經不得那位縣長和賓客們一再慫恿，他才走到那架鋼琴邊，舉起他纖細白嫩的手指，彈了一兩闋進行曲之類的東西。

齊巧，卓王孫有一個新寡的女兒，名字叫做文君，這一向正回娘家來住著；她也是音樂的愛好者，而且，是一個彈披霞娜的能手。她從前在女學校裡讀書的時候，每次逢到開遊藝會，那鋼琴獨奏的一項節目，總是由她擔任的，在這種眾目昭彰的場合中，不知道出過多少風頭了。

這一天，她知道父親在家中請客，那主客又是一個風流倜儻的人物，她本來就想偷個空，出來和他酬酢一番——跳幾次交際舞。只因他父親的頭腦，非常頑固，他自己雖然可以上火山，跑歌場，……但是，對於家裡的妻女，絕對不許在人家面前露一露臉，因此，文君只能躲在深閨裡，靜聆那些賓客們的喧鬧。

最後她聽到了那嫋嫋的琴聲，她的一顆青春之心真有些按捺不住了。她便悄悄地踅下了三層樓，一直趕到這客廳外面的玻璃窗外來偷聽。不料那隻簷下的白鸚鵡，看見了她，便尖著喉嚨喊著：O! Beauty! Beauty!

相如本是一個歡喜拈花惹草的文人，他突然聽到了這鸚鵡的喊聲，彷彿眼面前跑出一個千嬌百媚的美人影子來，連忙向著玻璃窗外望去，果然有一個滿著狄安娜竇萍式頭髮的俏臉龐兒，正在向窗裡張望，由於他早已探聽得卓家有著一個新寡的文君小姐，所以，不用介紹，便可以確定就是隔窗的這位美人了。文人們對於別種事業，大都是膽小如鼠的，只有美色當前，卻常常會勇氣百倍地去追求；他便大著膽，臨時諏起一首〈鳳求凰〉新曲來，彈著琴唱道：

有一隻鳳鳥，
新從梁地飛回故鄉，
他曾經在四海翱翔，
他終於找不到他的物件。
如今，他眼面前飛來了一隻凰，
那鮮明的文彩正合他的理想。
凰啊，可戀念的凰，
你可願永遠和他相偎傍？
你可願永遠和他匹配成雙？

賓客們都沒有注意到窗外的倩影，以為他所唱的是一首普通的情歌，大家只覺得有些婉孌動人，便不自知地拍起掌來叫好。可是，那窗外的文君，起先瞧到了相如的俊俏的臉兒，心裡便有些忐忑不定了，現在再聽他唱出這首歌詞，明知是為她而發，那一縷情絲，便牢牢地在那青年人的身上纏住了。她回進閨房，不覺歇斯底里地摘下牆上那張故夫的油畫像，扔在地板上，砸了一個粉碎，轉身就倒在那張席夢思床上，嚶嚶地啜泣起來。她想：「天下多美男子，我當年為什麼懵懵懂懂地嫁了這死鬼呢？」

客廳裡的宴會是很快地完畢了，賓客們也陸續地散去。相如跟著那縣長王吉，一逕到了縣公署裡，卻把他一向對那縣長的驕傲態度，完全改變了；他吞吞吐吐地終於把自己的心事，向王吉直訴出來，並且懇求著，要他想一個辦法。

「這件事，恐怕沒有方法好想的吧！你想，像他們那樣的世家，一向被舊禮教束縛著，難道會允許把女兒再醮嗎？」王吉一開口，就給他澆了一桶冷水。

「難道……難道……除了再醮以外，就沒有別的方法了嗎？」相如說著，顯得非常的急切。

「你說，有什麼方法？我可以效勞的地方，沒有不肯替你盡力的！」

「我想，請你給我設法買通了她的侍婢，先讓我和她見一面，互相談一談！」

「這怕也很困難，因為，她是從來不出門的；不過，你老兄的事，和我自己的事有什麼兩樣？且讓我努力一下吧！」

相如總算得到了滿意的回答了，他便喜孜孜地回到那大飯店裡去。只是，不知道為什麼，從此，他的心裡，好像裝進了一個魔鬼似的，書也不願意看，文章也不願意做，琴也不願彈，飯也不願吃，整天懶懶地躺在床上，不住地長吁短嘆。

幸虧不多幾天，王吉給他報信來了，據說：已經買通了侍婢，得到了文君的同意，允許和他先祕密地通起信來。相如的心境，因此又轉變了，他每天關緊了房門，盡是忙著寫情書，由「文君女士」開始，接著是「文君妹妹」、「我的愛人」、「最親愛的好人」，一直寫到「我的小鴿子」「我的寶貝」「我的心」……他們的戀愛，也就在這來來往往的紙片上告成了。那位卓王孫老爺，卻還是睡在鼓裡，一些也沒有覺得。

有一晚，司馬相如吃過晚飯，躺在沙發上，正在靜聽那收音機裡發出來的流行的歌曲〈襟上一朵花〉；忽然聽得房門上篤篤地叩了幾下。他忙去把房門開了一條縫，立刻，從空氣中傳遞過來一陣「夜巴黎」的香味，直衝到他的鼻管裡，幾乎使他暈了過去。等他定神仔細一瞧，那推門進來的，正是他日思夜夢的那個俏臉龐兒。他快活得不能自持，倏地撲上去擁抱住了她，顫聲地說：「好妹妹，你怎麼來了？難道我在做夢不成！」

「不！我的長卿，不是夢！告訴你，我的心是再也維繫不住了；所以，趁著這晚上，悄悄地收拾了些細軟東西，一逕趕到你這裡來，你覺得我這種『移樽就教』的作風，太大膽了吧！」文君放下了她帶來的那個手提箱，就在一張長沙發上坐了下去。

「今天晚上，你還打算回去嗎？」

「不！不！我不打算回去了，永遠不打算回去了！」

「啊！我真感謝維納絲！可是，你的父親，要是知道你躲在我這裡，他不會提出一個誘姦和捲逃的罪名來控告我嗎？」相如畢竟有些外強中乾了。

「長卿，你怎麼連這點勇氣也沒有！——你不要害怕，我早已籌畫好了；我們只要在這裡住一夜，明天早晨，就動身回到你的老家成都去避一避風頭。我父親是個要面子的人，也許不會大事張揚的！」文君一邊說，一邊已經脫去了那件外套：「好吧！明天還要起早呢，而且，我也倦極了；長卿，我們睡在床上再談不好嗎？」

「可是，可是……我是全靠王吉的津貼……我成都的家，除了四面的牆壁以外，實在是空無所有的……」相如不好意思地有些說不下去。

「睡吧！睡吧！不要多說了，你的境況，我哪會不知！」文君手指著那個手提箱：「你瞧，有了這些東西，還怕不夠我們享樂一時嗎？」

相如在這人財兩得的一剎那，仿佛置身在雲霧中了；他不敢再說什麼，隨手就把那盞倒傘形的反光電燈熄滅了。

第二天的曉霧濛濛中，在臨邛車站上，便出現了這對戀愛自由的信徒。等到卓王孫發覺了他女兒的失蹤，他們已經跑過了一半的路程了。而且，果然不出文君所料，她父親抱定家醜不外揚的宗旨，非但沒有追究這件事，竟還花了一筆鉅款，在每個新聞記者那裡打點了一下。

相如和文君回到成都，如心如意地組織了一個小家庭，度著他們理想的光陰；不知不覺地過了半年多。他們雖然依舊跬步不離地熱戀著，但是，在這生活指數日高一日的當兒，文君帶出來的那個手提箱，漸漸地減輕了分量，漸漸地變成了一個空箱子。隨他相如寫得怎樣好的文章，每千字只到手了十來塊錢，怎麼不使他們捉襟見肘呢！為了經濟的壓迫，不得不使他們的生活緊縮起來；那向來過慣了流浪生涯的司馬先生，倒還不覺得怎樣，苦只苦了那位金枝玉葉的卓小姐，她一向堅信著戀愛至上主義，哪裡料得到餓著肚子是無法繼續談戀愛的。當她覺醒過來以後，便和相如商量，要回臨邛去求她父親幫助。

不料，相如一聽她的話，便亂搖著腦袋道：「不可！不可！——他對於你，自然還有點父女之情，可是，對於我，一定是恨透了，怎麼可以自投羅網地闖進去受罪呢！」

「你又要過慮了！」文君若無其事地從書架上拿下一本六法全書來，「老實告訴你，這幾天來，我已經查遍了這部六法全書，照法律上看起來，第一，我已經到了婚姻自主的年齡，用不到父親來干涉我；第二，寡婦再醮，也是法律上所不禁的；第三，父母的遺產，做女兒的也有應得的權利……這些，都是中華民國的現行法律，單單憑了這幾條，我們就可以獲得勝利了！何況，在臨邛城中，我的那些親戚們，也都是黑良心的投機家，我只要到每一家去借幾百塊錢，也可以維持我們的生活了！」

相如被她說動了心，連忙接過那本六法全書來，仔細地查了一查，果然一點也沒有錯兒，他們便又商量著預備動身的事。

幾天以後，他們又從成都回到了臨邛。

他們找到了那位父執程鄭老先生，託他先到卓王孫那裡去做說客。不料。老卓聽到了這些話，便冷笑了幾聲道：「照法律，我自然可以不干涉他們的婚姻，就是誘姦和捲逃罪，我也可以放棄不談，只是，要分我的遺產，時候還早吧，請你去通知他們一聲，等我回了老家，再提出這個要求來吧！——我要是活著一天，就是一張分頭票子也不給他們的。」

程老先生碰了這個釘子，只得把這話回報了他們，並且辭了這件差使，不願再替他們奔走了。照著文君的意思，本來還想請了大律師來和她父親交涉，但是，相如卻有他的計畫，他說：「我們是無所謂的；生活過不下去了，當然是不論什麼事都會幹出來的，只要他老人家能夠坍得下臺就是了！」

於是，他們就把所有的一切都拍賣掉了，拿了這筆款子，盤下了一家吃食店，門口掛了一塊招牌，叫做「鳳凰家庭飯店」。相如自己穿了一條牛頭褲，專門擔任燒火、劈柴、洗滌杯盤碗盞那些工作；卓文君呢，卻當了一名女招待，一會兒遞酒，一會兒搬菜，有時候還得忍氣吞聲地給那些酒客們任意調笑著。因為她的姿態苗條，應酬周到，這家飯店，真是賓至如歸了。漸漸地，由於幾位好事的文人的宣傳，寫了許多〈紅妝勸酒記〉之類的文字，因此臨邛市上，便人人都知道有這麼個卓富翁的女兒，做了「當爐豔」。

自然，這消息是很容易地傳到卓王孫的耳朵裡的；他覺得這對於他的顏面太下不去了，便停止了交遊，終日躲在家裡，打雞罵狗地發脾氣。文君的弟兄們，也受不住旁人的冷嘲熱諷，他們便勸諫父親道：「長卿是個有才學的人，嫁了他，也不算辱沒了我家的門楣，倒是照這樣下去，反而會壞了我家的名譽；依我們的意見，不如分一部分財產給她，讓他們早些離開這裡罷！」

卓王孫老是待在家裡，也有些熬不住了；想來想去，更沒有妥當的辦法，他只得依了他們意思，分出一百個僕人，一百萬財產給她。同時，還替她補辦了一份豐盛精美的嫁妝。文君這才和相如回到了成都，忙著置田地，造洋房，買汽車，安安逸逸地過起布爾喬亞的生活來。

——一九四二・十・三，於秋長在室之百卣軒

（《萬象》第二卷第六期，一九四二年十二月一日）

張刺史元旦釋囚

霹霹拍拍一陣爆竹聲，送來了元旦的第一道朝陽。

北齊的兗州刺史張華原，他因為在昨晚——除夕的分歲席上，多喝了幾杯酒，直到這時候，兀自昏昏沉沉地醉倒在床上，沒有醒過來。

為了昨晚上依照俗例，要留著隔年火的緣故，床前擱著一隻火爐不用，卻在那白銅火盆裡，燃起了熊熊的獸炭，把那百寶櫥上的一瓶綠萼梅焙得一朵朵完全開放了。房間中央雪白的灰墁上，雖然吊著一隻宮燈式的大電燈，但是，小几上依舊擺著一隻古銅的鶴型燭臺，而且燭淚斑斕地，這是昨晚上點守歲燭的成績。窗外，雪花紛紛地飄飛個不住，顯然和這精緻的小室中，形成了兩個世界。

這位張刺史的命運，實在不壞，他自從依附了東魏的丞相高歡，奉命出使到雍州去遊說周文帝宇文泰，險些被拘留了起來；因此，當他說服了對方，回到東魏的時候，著實為高歡所器重。直到高歡的兒子高洋，篡了東魏，改國號為北齊，張華原也屢蒙升遷，居然做到現在這個職位。

這一天——元旦日，直到晌午時分，他還是鼾聲如雷地沉浸在好夢中。

窗外的雪花是愈下愈大了，呼呼地刮著的朔風，從窗縫裡直穿進來，它除了帶來幾聲斷斷續續的爆竹以外，卻還夾著一片喧嘩的怒吼：

「肉……今天……照例，我們有肉吃的……」

「元旦，往年都是吃的大米飯……今天，為什麼只給我們吃粥？」

「不管，不管！……快叫那姓張的出來，給我們一句話……」

「……我們做囚徒的，難道可以任憑你們欺侮的嗎？……」

「肉，每年元旦的老例，每人四兩……」

「肉，我們每年吃不到幾次，不能由你們克扣……」

「拿肉來！……拿肉來！……」

這一片叫囂，跟著怒吼的朔風，鑽進了窗縫，立刻又鑽進這位睡夢正酣的張刺史的耳朵裡。他很閒適地閉著眼睛，咂著嘴唇，喃喃地發著囈語：「肉，誰有肉吃？連我們昨晚吃年夜飯的餐桌上，也不見一條肉絲啊！」

在這刺史公署裡，和他同居的，就只有一位他所最寵愛的三姨太太；她早晨起來，吃了幾塊沒有一些甜味的糖年糕，正沒好氣；走進臥室來，打算向老頭子問個明白：「為什麼市面上連白糖也會絕了跡？」當她的一隻漆皮高跟鞋，剛跨進臥室的門檻，就聽見她丈夫的囈語，這不覺又使她拋去了一時的憤怒，嗤嗤地發笑起來：「我正為了元旦日嘗不到甜頭，想和他鬧一下，哪知他卻因為昨晚上吃不到油水，也在那裡說夢話了！」

又是一陣暴躁的怒吼，立刻把三姨太太的笑容打了回去。

「元旦……吃肉……肉，肉，肉……」

「我們要白米飯……飯，飯……」

三姨太太聽得這亂轟轟的吼聲，是從牆外傳過來的。她起先在最後一進的餐室裡用早點，所以一些沒有聽到，現在突然發覺了這些可怕的喊聲，怎麼使她不吃驚呢！她連忙三腳兩步地走到刺史的床前，將那沉睡著的老頭子推了幾下：「喂！老素菜，醒醒吧！醒醒吧！」

可是，張刺史一點沒有感覺地依舊打著鼾，她急了，只得在他那胖胖的臉上，狠狠地擰了一把，喊著：「喂！喂！你聽：外面出了什麼事？你還不醒醒？」

張刺史這才伸手出來，摸著臉上被擰過的地方，慢慢地睜開眼睛來。

「什麼事？什麼事？你這小妖精！大清早地恭喜也不向我說一聲，就這樣的來瞎攪！」

「不要亂嚼蛆了，你聽聽看，是什麼聲音？」三姨太太一本正經地說。

「什麼聲音？左不過是你的朋友們打麻將的骨牌聲！」張刺史滿嘴裡噴出來的酒氣，使她忍不住地拿出手帕來掩住鼻子。

「別開玩笑了！正經的時候，該說正經話。你聽聽看，外邊『肉呀肉呀』的正喊得震天價響，不知道在鬧些什麼，你還不起來，出去打聽一下！」三姨太太從衣架上除下那件狐嵌袍子，預備給他穿起來。

「啊！天氣這麼冷！今天元旦，本來是停止辦公的，要我老早的起來幹麼？——老三，昨天沈科員送我的那壇真正五十年陳花雕，吃年夜飯的時候還沒有喝光吧？你去吩咐大廚房裡，趕緊給我燙一壺來，我們喝著酒，賞著雪，就這樣慶賀這元旦吧！外邊的事，管他什麼呢！」張刺史終於拗不過三姨太太，打了一個呵欠，坐了起來。

外面又傳來了一陣怒吼，這使張刺史親耳聽得很清楚。

「啊！這是牆外的監獄裡傳過來的，莫非那些囚犯們發生了暴動！那……那……那對於我的前程很有關係！」張刺史不管頭眩不頭眩，立刻從那張銅床上跳了起來，在三姨太太手裡奪過那件狐嵌袍子來披上了。

「快！快！你給我傳下口諭：快請司法科長和典獄長去查一查，立刻來報告我！」

三姨太太搬動那雙今天剛上足的新皮鞋，剛回身走到房門邊，卻又給張刺史喊住了：「嗯！不要忘記了，叫他們燙花雕！」

「酒鬼，在這樣緊張的時候，看你還喝得下去！」三姨太太嬌媚地回眸一笑。

司法科的李科長，和朋友們打了一夜撲克，直到這時候還沒有散場，又因為剛才偷雞失敗，心裡非常懊喪，他聽了三姨太太傳來的口諭，才沒精打采地站了起來，冒著雪，踉踉蹌蹌地去找著了典獄長，一齊趕到監獄門前，向那守衛的法警查問：「什麼事？裡面這樣的吵鬧！」

「報告長官！」法警舉手行了敬禮：「照往年元旦的例，每個囚犯，都可以派到四兩豬肉和兩碗白米飯；今天，那些囚犯們自然也盼望著，能照樣的有一頓豐富的飯菜到嘴，哪知到了放午飯籠的時候，他們所得到的，竟比平日還不如，只是兩莖鹹菜，和一碗碎米粥罷了。因此，他們就哄鬧起來了，都說是上頭揩了油……」

「哦！讓我們且到裡面去看看！」司法科長和典獄長大著膽，走向每個籠子裡去。

「我們今天的肉呢？為什麼要克扣我們這僅有的一些口糧？……」囚犯們看見他們進來，大家又大聲吵嚷起來。

「國家對於每個囚犯，是有一定的支出的，你們要撈好處，也不能撈到囚犯們的頭上來啊！」囚犯們都七嘴八舌地附和著。

「靜一下，聽我的話！」典獄長知道眾怒難犯，把平日那種威風暫時收斂了，也來幫著說話：「你們要知道，今天不能給你們吃一頓較好的飯菜，並不是誰在那裡克扣囚糧，實在是因為受了戰事的影響，交通發生了問題，因此，豬肉和白米的來源，都很缺乏。今天，你們不妨安靜一下，等到有一天時局平靜了，一定可以補給你們的！」

「誰相信這種鬼話，我們雖然被拘禁在這裡，可是，外邊的情形，總還可以猜想得出來的；無論受了什麼影響，哪裡就會連肉和米都絕了跡！」囚犯們又哄鬧起來。

「既然沒有肉和飯給我們吃，還是放我們回去，讓我們自己去設法，好好地過一個新年再說。這樣硬留我們在這裡，算什麼呢！」一個電車上的老𢱕手，表示他在外面很有道路。

「不錯，放我們回去！……放我們回去！……放我們回去！……」喊聲漸漸地雜亂了。

「不放我們，大家衝出去！……衝出去！」居然有人用手銬在鐵柵上拼命地敲著。

司法科長和典獄長眼看著這種情形，嚇得戰兢兢地，抖著聲說：「我們……我們……我們不能作主……讓我們稟明了……刺史……再說！」他們就這樣離開了監獄，立刻不管三七二十一，闖進了張刺史的上房裡。

張刺史以為這件事交給了司法科長，便可以告一結束，因此他等到僕人把花雕端上來，便一杯一杯的和三姨太太對酌起來。

雖然在兗州境內已經買不到一兩限價的鮮肉，一滴限價的菜油，但是，他們有囤積的罐頭食物，不論紅燒牛肉、咖喱雞、冬菰鴨……色色俱全，只要一聲吩咐，立刻可以一罐罐地開出來擺上餐桌。

當司法科長走進上房的時候，張刺史的臉部，已經顯著充血的現象，而且，他的舌根有些痳木不靈，舉動也有些失常了，自然，他又喝醉了。司法科長把這經過的情形報告了他以後，靜靜地站在一旁，預備聽他的訓示，以便對付那些囚犯。不料，這位刺史老爺竟毫不遲疑地，瞪著兩隻布滿血絲的眼睛，說道：「每天……我費盡心思，張羅……那些囚糧，很……不容易！現在，他們既然……要回去過新年，再好……也沒有；你就放了……他們，讓我……也可以省幾天……米糧。」

司法科長正想向他勸阻，張刺史卻又很堅決地說：「你不必……猶疑，一切……有我負責，只是……你要和他們說明……給他們……五天的假期……到年初五……晚上，一定……要回來！」

科長看著張刺史昏昏欲睡的神氣，為了卸脫自己的責任起見，忙說：「刺史的命令，當然可以遵從；不過，沒有書面通告，也許別人會不相信！」

「好，好，我……我親筆……下一道手諭……就是了！」張刺史模模糊糊地說著，隨手在口袋上拔下那支派克筆，抓起一張包花生米的紙片，歪歪斜斜地寫了幾句話。

司法科長有了這道手諭在手裡，便有恃無恐地吩咐典獄長開了牢門，把所有的囚犯——不管有期徒刑，無期徒刑，一概都放了出去。囚犯們一朝又得重見天日，個個都歡天喜地地走散了。

張刺史喝足了過量的酒，醉倒在一張長沙發上，直睡到傍晚時分，才有些清醒過來，他只是大聲嚷著要茶喝。三姨太太聽見了，便放下手中的麻將牌，親自替他泡了一壺釅茶，端著給他喝了。然後，問起他剛才釋放囚犯的事。

「呀！你說得清楚些，誰把囚犯釋放了？」張刺史聽了三姨太太的話，不覺吃驚地反問她。

「你自己做的事，怎麼一會兒就忘記了！」三姨太太又頂了他一句。

「我？我又何曾這樣做過，難道我剛才醉得這樣糊塗嗎？——這，我不能負責，不能負責！」張刺史直跳了起來。

「哼！你不負責？你有親筆的手諭，怎麼賴得了？你雖然只准給他們五天的假期，可是，你想，這批亡命之徒，他們出去了，還肯回來嗎？」

「哎呀！那糟透了！那糟透了！怎麼好呢？」他負著手，在臥室裡踱方步。

到底還是三姨太太有見識，她說：「何不把閤署高級官員都請了來，大家商量一下！」

「嗯！」張刺史無可奈何地點點頭。三姨太太連忙差僕人分頭去邀請各位祕書和科長。

「我怎麼這樣糊塗，鬧了這個大亂子？唉！唉！……要是給上峰知道了，我的身家性命，還保得住嗎？」張刺史又癱瘓在那張沙發上，幾乎要流出眼淚來。

「你們，你們這些人，難道都是死人，看我喝醉了酒，為什麼不阻止我呢？」

「哼！說得倒好聽，你平日那種剛愎自用的脾氣，誰敢來阻止你？」三姨太太和他針鋒相對起來。

「算了！我反正活不了，不如讓我自盡了！」他從沙發上站起來，趕緊搶步上前，從那口小櫥裡，找出一瓶「來沙爾」，拔去了塞子，預備向嘴裡灌下去。

「哎呀！今天是元旦，你怎麼可以這樣沒吉沒利的……」三姨太太首先去奪那瓶子，僕婦們同時把張刺史的手臂扯住了。

直到祕書和科長們陸續進來，這一幕好戲，才告了一個段落；當然，大家早已完全明白，是怎麼一回事。

「說正經話，我們還是來商量一下：應該用什麼方法來補救這個錯誤呢！」三姨太太仿佛當了臨時主席，兩隻水汪汪的媚眼，很急切地向各人望著。

大家你一句我一句地紛紛議論起來，但是，卻也得不到一個結果。最後，還是司法科長發表了些意見：「我們的刺史，一向是鴻福齊天的；大家想來還不會忘記罷？當刺史到這裡來上任以前，不是在所轄的境內，發生過幾次虎豹傷人的事嗎？百姓們因此非常擔心。可是，等我們的刺史一到境，忽然跑來了六隻叫做『馬交』的猛獸，把那些虎豹完全吃掉了，這兗州境內，才得保持安全，百姓們到現在還感激著我們的刺史呢！我想，這一次的事，也不必著急，過幾天，一定會風平浪靜的！」

這一次的商討，就這樣沒有結果的終結了。張刺史卻為了憂鬱過度，當夜就病倒了。偵緝隊長雖然派出全部隊員，到各處去想把那些囚犯攔回來，結果卻依舊等於零。

這刺史公署裡，一時布滿了愁雲慘霧，隨他門口那幾盞「慶祝元旦」的紅紙燈籠，怎樣表示著喜氣洋洋，大家卻總是沒精打采的，誰也提不起興致來。有一部分人，竟是收拾好了行李，專等張刺史被上峰參奏撤職以後，大家一齊散夥。

年初二勉強地挨過了一個早晨。大家正在吃午飯的時候，忽然有幾個法警，來向典獄長報告：「昨天釋放的囚犯，有一部分又自動地回來了；這時候，他們正在嚷著，硬要走進往日住過的籠子裡去！」

這令人難以相信的事實，終於由典獄長報告了科長，科長報告了張刺史；一霎時，張刺史的病也痊癒了一大半，他連忙跳下銅床，趕到監獄探聽一個明白。那些重行回來的囚犯，愈聚愈多了。張刺史便笑顏逐開地吩咐：「叫他們派幾個代表來，讓我向他們問話！」

一會兒，四個代表來到張刺史面前。

「我昨天釋放你們回去，原是給你們五天的假期，怎麼你們只過了一夜就回來了！」張刺史溫和地問他們。

「昨天，我們請求釋放回家，原想出去吃一些肥肉和白飯，哪知到了外邊，不但買不起那種二十來塊錢一斤的黑市豬肉，而且，我們因為沒有戶口米票，連碎米也買不到一粒。肚子餓了，沒法好想，只得到馬路上去強搶，可是，店家為了沒有油和麵粉，油條和大餅也不做了，更有什麼東西好搶呢？回想起來，倒不如回到監獄裡來，還可以吃幾莖臭鹹菜和兩碗碎米粥！」一個囚犯代表這樣答覆。

「求刺史開開恩，仍舊收留我們！」第二個代表懇求著。

「我們只要每天有一碗碎米粥吃，一輩子也不想離開這裡了！」第三個代表表示願意再把囚糧減少。

「外邊實在不如監獄裡好過日子，求刺史把我們一家人都接了進來吧！」這是第四個代表的話。

張刺史很得意地叫他們回進監獄裡去；點了一點人數，居然一個也沒有缺少。

這天晚上，張刺史又在電爐熊熊的上房裡，和三姨太太對酌起來。

（《萬象》第二年第七期，一九四三年一月一日）

左慈變戲法

華燈初上，綺筵未開，那個新近由大將軍進位為丞相的曹孟德，志高氣揚地坐在那間精緻的書室裡，正在向他府中的總管發脾氣：「我不是幾天以前，就關照過你：這一次，是慶祝我升官的宴會，酒菜要辦得格外道地些。你難道沒有預先轉告那庖廚長，叫他積極預備嗎？怎麼到了這時候，依舊是有了這樣，沒有那樣的？是不是你們存心要和我搗蛋？」

「丞相明鑒，奴才們哪有這般膽量！實在，黃巾賊雖然仗著丞相的威福，已經打退了！可是，各處的秩序一時還恢復不過來，因此，有許多食用品，一時實在沒法運輸到這裡來，奴才們想盡方法，終於缺少了這幾樣丞相所愛吃的東西！……」那個總管戰戰兢兢地，顯得非常為難。

「現在，賀客們差不多全來了，你有沒有到大廚房裡去瞧過，所有的筵席，到底辦成了個怎麼的樣子？——唉！我早知道你們這樣不中用，不如向國際飯店或金門飯店，叫幾席現成的來，倒可以省了不少的事！」曹丞相那肥白臉上，透出了幾分怒意。

「是！是！奴才們也想到了這一層，所以，有許多不容易辦到的東西，都是合著『飯店裡回蔥』那句諺語，向他們回來的。只是，丞相指定的那尾松江鱸魚，實在因為離這裡——許都——太遠了，連那幾家大飯店也沒法好想，還請丞相原宥！」總管說著，忙接二連三向他鞠著躬。

「為什麼不派一架飛機去呢？」丞相是急得暴躁如雷。

「飛機？丞相不是下過手諭：除非國家大事，私人一概不准擅用嗎？這，宴客的事……」總管不敢再說下去。

「該死！該死！……你的口才倒不錯！……好！好！駁得好。」丞相的怒容更可怕了。

窗外一陣皮鞋響，幸虧來了一個救星——丞相最寵愛的小使，他笑眯眯地走到丞相身邊，替丞相披上一件外衣：「外邊客人已到齊，請丞相出去，好熱烈地舉行一次祝賀儀式！」

「算了吧！鬧什麼！」丞相臉上立刻換上了笑容。

曹丞相就這樣由那個小使跟隨著，踅到了大廳上。那裡已經有許多紆青拖紫的文武官員在等待著。他們一見主人出來，便拉直了喉嚨，高聲喊起口號來：

「慶賀曹丞相履新！」

「恭祝曹丞相健康！」

「曹丞相萬歲！……萬歲！……」

曹丞相向他們謙虛了一會，眼看著酒席已經擺齊，便邀著他們各自就座。在這種場合中，大家的目的，自然是一致地拍馬屁；你說：「曹丞相是東漢王室的柱石。」他說：「曹丞相勞苦功高。」倒把曹孟德捧得有些不好意思起來。

酒過三巡，主人又站起來發表了一篇〈今後的施政方針〉，並且聲明：不論大小職官，一律不擬調動，希望各自安心工作。賓客們聽進耳中，顯在臉上，個個都因保住了飯碗，全是喜孜孜的，感激著丞相的恩德。

「報告：相爺！」忽然那個護衛長從外邊跑進來，直挺挺地站在階下，大聲地喊著：「剛才，門口來了一個變戲法的，他聽說今天丞相在府中開慶祝大會，特地趕來，要把他的技術當面表演一番，聊表普天同慶的意思，不知道可准他進來嗎？」

「哦！一個變戲法的，倒也難為他，居然有這樣一片誠意，你就喊他進來，變幾套給各位老爺們侑酒罷！」

一會兒，護衛長早已把那變戲法的帶了進來，丞相就問他：「叫什麼名字？哪裡人氏？有什麼絕技？」

「小人姓左，名慈，字元放，廬江人氏；生平沒有什麼本領，只會從『無中生出有來』罷了！」左慈侃侃地自白著。

「哦！看你不出，你真能夠無中生出有來？這就了不得啊！——你瞧，我這裡什麼都有了，所缺少的，就是今天這席面上，本來要預備幾條松江的鱸魚，可惜因為路途太遠了，一時沒法取到，不知道你能替我設法變幾條嗎？」丞相隨意的給了他一個難題目。

「這不是很容易的事嗎？丞相只要借一個銅盤，一根釣竿給小人，且看小人來獻醜罷！」左慈從容地微笑著。

曹丞相立刻吩咐身邊的侍衛，去把左慈所要的東西取了來，交給他。左慈隨手在銅盤裡注了些水，一邊又拿起那根釣竿，釣絲垂在那個銅盤裡，彷彿像在河裡釣魚一般的釣著。一忽兒，只聽得銅盤裡潑剌一聲響，不知怎地，真的有一條鮮活的鱸魚，掛在他的釣竿上了。

曹丞相歡喜得張開了一張胡髭嘴，幾乎闔不攏來；全體賓客們也都瞪著眼，表示驚奇。

「可惜，僅僅只有這一尾，不夠這許多賓客享用的：要是能多得幾尾，不是更好嗎？」丞相竟不知足地再表示自己的願望。

「那也不難，再釣幾尾就是了！」左慈一邊說，一邊又把釣絲垂下去；不一會，真的很迅速地釣起了許多尾。曹丞相很滿意地叫人去烹煮起來，預備給賓客們嘗新。

這種戲法，的確可算是新奇神祕極了，曹丞相終於有些不大相信，所以，還想再試驗他一番。當時，便故意裝做懊惱的樣子，說道：「松江的鱸魚是有了，只是得不到一些蜀中的生薑來蘸了吃，那風味一定要差一點了！」

「這也不算怎麼一回事，讓我去取來就是了！」左慈又很爽快地這樣說。

曹丞相防他隨意在近處拿些來塞責，特地囑咐他道：「我曾經派一個傭人，到蜀中去買錦，你要是去買生薑，可以順便告訴他，再給我添買兩匹！」

話剛說完，左慈閉上眼出了一回神，就伸出了兩手，向空中抓著說：「來了！來了！」

果然，一塊塊的生薑，都抓在左慈的手中了。

這雖是一種小技，可是曹丞相卻非常佩服他，從此，左慈便做了這位丞相的幫閒者。

是一個仲春的好天氣，曹丞相偶然想起公園裡的景色，便預備到那裡去舉行一次 **Picnic**，跟著他同去的，一共有一百多人；左慈當然也在其內。

「昨天吩咐你們預備的酒菜，都端正好了嗎？」臨走的時候，丞相向隨從們這樣問。

「左先生說的：現在肉價這樣的貴，而且也不容易買到；燒小菜的豆油、生油，更是難買，所以，囑咐我們不必備辦，一切由他供給……」隨從們把這干係，完全推在左慈身上。

「是的，我已經預備好了！像他們那麼大壇的酒，大碗的魚肉，帶著多不方便；何況現在又沒有這許多汽車可以裝運！瞧我的，只要隨手提著跑就是了！」

曹丞相向他手裡瞧去，卻只有一隻小瓶和一塊乾肉。

丞相知道他是會變戲法的，當時也不和他多說什麼；大家便跳上了雇了來的三輪腳踏車，直向城外疾駛而去。

公園的水池旁，有一片草地，他們就在那裡鋪上幾條毯子，大家席地坐著，一邊談笑，一邊欣賞春景；左慈就把帶來的一瓶酒，親自替各人斟了一遍；最奇怪的，就是隨你要喝什麼酒，他自會運用他的戲法，給你變出什麼酒來。然後，再把那塊乾肉，用刀子切成一片片的，按照人數分給他們，這一百多人，竟吃得既醉且飽，方才甘休。

到了傍晚的時候，他們遊罷公園出來，只聽得附近傳來了一片喧鬧的聲音，曹丞相是個膽小的人，只怕對於他有什麼不利，連忙派人去查問，才知道那一帶幾家鋪子裡，所有的玫瑰燒、綠豆燒、怡和啤酒、匯司格、麥退爾……以及罐頭牛肉和豬肉……等，已經統統失了蹤；可是在擱這種貨物的架子上，卻都留著一張紙，上面寫著「丞相府借用」的幾個字。這不必說，當然就是左慈剛才玩的戲法。

「這未免鬧得太不像樣了！我們堂堂丞相府裡，怎麼可以發生據他人之物為己有的事？這是太不名譽了！這樣的人，自然應該依照國法，予以嚴懲！」曹丞相憤恨得怒吼起來。

「哈哈！你既然認為這是不名譽的，那麼，剛才你怎麼也吃得很有味呢？」左慈嘻皮笑臉地對丞相說，接著又指著幾家店鋪說：「你叫他們再仔細瞧瞧，讓我替你賠了他們罷！」

真的，那些店鋪的掌櫃，同時詫異地說道：「咦！這些罐頭酒瓶，怎麼又回來了？哈！到底丞相府裡人才濟濟，這種來去無蹤的偷天換日本領，真不壞！」

曹丞相羞得滿面通紅，他更加恨透了左慈；便喝令手下人，把他捉住了，送進法院裡去辦罪。不料，那派去捉他的人，趕過去只撲了一空，左慈早已從從容容地向牆壁裡走了進去，一會兒，竟是無影無蹤了。

曹丞相因為捉不住他，心裡越發憤怒起來，當晚回到丞相府裡，就吩咐祕書處擬一張廣告，附著左慈的一張半身照片，送到報館裡去刊登，懸著重賞緝捕。

第二天早晨，大家看見報紙，正在十分留意他，不料，那大膽的左慈，竟很安詳地在馬路上蹓躂著。自然，那些希望獲得這筆重賞的人，便不顧一切地趕過去打算把他逮捕起來。哪知，一霎時，馬路上所有的人——連那幾個要逮捕左慈的人也在內——他們的形狀衣飾，變得和左慈一模一樣了。馬路上站著這許多左慈，誰也弄不清楚，到底哪一個是真的，哪一個是假的，因此，也沒法去逮捕他了。

這樣過了幾天，那廣告的賞金是更加多了，當天，又在陽城山上，看見左慈正放牧著一群山羊。那人也想獲得這筆意外的收入，便不顧性命地追了上去；左慈看見他追來，卻不慌不忙地，向那群山羊中躲了進去；立刻，又變得無影無蹤了。那人也沒法捉捕他，只是騙著他說：「左先生，曹丞相是不會殺掉你的，他不過想試試你的法術罷了。你跟了我去和他相見，他一定仍舊要收留你的！」

那人的話剛說完，只見群羊中有一隻老羝，屈著兩條前腿，像人一般地站著，說道：「豬肉貴，羊肉也不賤，你想在我身上撈一票嗎？」

那人認清那只老羝，一定就是左慈變的，連忙趕過去，想抓住了他，以便帶到丞相府裡去領賞；哪知，等他趕近了一步，只見一百多隻山羊，全部變成了老羝，並且同樣屈著前腿，像人一般站著，同聲說道：「豬肉貴，羊肉也不賤……」那人看不出哪隻山羊是左慈變的，暗想：「這是實在的，現在豬羊肉都要賣到二十塊錢一斤，要是把這群山羊趕下山去，即使領不到賞錢，就把它們賣給丞相府裡，也可以發一筆小財了。」他這樣決定了，便真的把這群無主的山羊，從山上趕下來，直趕到丞相府裡。

由丞相府裡的傳達處長，把這筆生意介紹給庖廚長，他們便討價還價地談論起來。哪知，正在這時候，那群山羊，忽然搖身一變，一起變成了人形，仔細一看，卻全是許多投機商場中的重要份子，他們一向囤積居奇，發了幾千幾萬的味心錢，當局雖然屢次想逮捕他們，卻因為他們都是異常的機警，東躲西避，一直沒法弋獲，現在穩穩地把他們一個個送進丞相府裡，當即稟知丞相，驗明正身，送到監獄裡去請他們嘗嘗鐵窗風味。

左慈呢？他卻在下山的時候，早又施用法術，變成了一個老人，一溜煙似的，跑到山之隈水之涯去了。

（《萬象》號外一九四三年二月十二日前出版）

花魁女獨佔賣油郎

霏霏地飄過了幾天沾衣欲溼的杏花雨，居然放晴了。湖邊一帶的垂楊柳，不住地款擺著腰肢，好像正在和那些杏花爭　鬥豔一般。

遠遠地傳過來幾陣鐘鼓的聲音，那是從臨安城外的昭慶寺裡發出來的；因為，那寺裡的和尚們，好容易接到了一位大施主的照顧，連續要做九天九夜的功德。和尚們有了生路，自然，連那些附近的小販們，也有生意可做了；他們整天把擔子停在寺門口，專供和尚和遊客們的光顧。

「喂！你瞧，那個秦賣油又來了！」賣甘蔗的阿唐，向著旁邊賣豆腐乾的水生，這樣嚷著。

「唔！他這幾天也和我們一樣的做著好生意呢！因為，寺裡那盞頭號大的長明燈，每天既省不了要用好幾斤油；就是吃飯的人也多了，烤筍，煎豆腐……用油當然也增加了！」水生閒閒地搭著腔。

「不錯，我倒要問你：那個秦賣油說起話來，彎著舌頭，你知不知道他，到底是什麼地方人？」

「你沒有聽見報販子賣號外嗎？——自從金兵進了汴梁城，擄去了徽欽二帝，這個北宋的政府，就此完結了。這一晌，從那邊逃來的難民真不少，這個賣油的，也就是其中的一份子。他的名字叫做秦重，他的父親叫做秦良。初來的時候，他們住在旅館裡，還勉強可以過活；漸漸地，卻把帶出來的幾張鈔票，全用完了。他的父親沒有辦法，只得把他送到清波門內朱十志的油店裡去當一名小使，暫時維持生活……」水生似乎因為熟悉這些故事，說得有聲有色的。

「哼！你只知道了一半，現在他並不在朱家油店裡了！」那個賣奶油花生米的光才，也不甘示弱。

「哦！你知道得比他更詳細，你且說說看，他到底為什麼要脫離朱十志的油店？」阿唐很有興趣地削著甘蔗。

「據說：朱十志有一個養女，名叫蘭花；天生成是一個風流胎子，天天晚上，在那些百樂門啊，麗樂啊，麗都啊……各舞廳裡亂跑。有時候，還會老著面皮，跳上那樂臺，怪聲怪氣地唱一支〈滿場飛〉，真使聽的人肉都會麻起來。再加上她那張照會，既像塌餅那麼一爿，卻還塗著濃濃的脂粉，那樣子，簡直和風化區裡每夜站班的那批寶貨差不多。可是，世界上的事，也正合著那句『百貨中百客』的話，自會有一批不三不四的人，來和她胡調。」光才一邊說，一邊在包著花生米：「哪知，醜人偏會作怪，她漸漸地又改變方針，念頭轉到家裡那個小夥子的身上了！……」

「有這樣的事？那麼，秦賣油也愛上她了嗎？」阿唐不等光才說完，嘻開了嘴參進了自己的意見；那顆金牙齒映著太陽，一閃一閃地發著光。

「別性急啊！你想，那秦賣油要是也愛上了她，還會鎮日地跑來奔去到處兜生意嗎？他就為了志高氣傲，看不上那個醜蘭花，所以從朱十志那裡辭了出來。」

光才因為要應付兩個顧客，便把他的話頭打斷了。直等他把這注生意做好，阿唐便指著前面對他說道：「你瞧，他不是還挑著兩個油桶嗎？怎麼說他已經辭了出來？」

「他現在是獨自個在城裡眾安橋下的一間小屋子裡，幸虧他幫了朱十志幾個月，和那些油行裡的人很熟識，而且他們都知道他誠實可靠，因此，誰都願意把食油賒給他，讓他每天挑了到街上去賣！……」

那個秦賣油，漸漸地走近來了，他在一隻桶上寫著一個大大的「秦」字，一隻桶上更寫著「汴梁」二字；這仿佛就是他的注冊商標。他走到寺前，照例和幾個熟識的小販招呼了一下，便挑著那副油擔，直向寺裡跑去。

「像他那樣，真是寫意，只要把一擔油往寺裡一送，就可以拿錢回家。像我們，整天地喊叫著，有時候還吃不飽肚皮呢！」阿唐顯出了十分妒忌的神氣。

和尚們的鐘鼓聲，越敲越響了；寺門口那些小販們，也拉直了喉嚨，拼命地叫喊著。因為，這一天已是功德圓滿的第九天了，要不再好好地做幾筆生意，不知道要挨到哪一天才會再有佛事呢！

只有那個賣油郎秦重，他自由自在地挑著那副空的油擔，回出寺門，直向西湖邊上蹓躂過去。更喜得這一天天氣清明，蘇堤上遊人如蟻，湖面上畫船如織，那些畫船裡有裝著收音機的，一陣陣在播唱著流行歌曲。秦賣油在這賞心樂意的時候，不覺也跟著唱起那首〈天上人間〉來：

「……片片雲霞，停留在天空裡；陣陣春風，輕輕吹過，麥如波動柳如線……美景如畫映眼前，這裡是天上人間……」

他走了一回，漸漸地感到有點疲倦了，於是，重新又回到昭慶寺旁邊，歇下擔子，坐在石頭上休息著。他一眼望去，只見前面矗立著一幢大洋房，四周圍著水門汀的花牆；正中兩扇大鐵門，這時候正敞開著，門裡是一個精緻的園林，花木蔥蘢，望進去很是幽深。秦賣油正在瞧得出神，忽然，一陣笑聲傳來，接著有兩個西裝革履的少年，𨈆著一個嬌憨活潑的少女，向著門外走來。

秦賣油的眼光射到那少女身上，但見她燙了蓬鬆的鬈髮，嘴上塗著殷紅的唇膏，身上穿著織錦緞的旗袍，那種輕盈昳麗的態度，不論誰的眼睛都會被她吸引住了；何況秦重這個沒有見過世面的孩子。

兩個少年到了門外，和那少女握了握手，說了聲「Good bye！」便跳上一輛三輪車，飛也似的去了。那女郎看他們轉了彎，才回進鐵門裡去。

秦賣油眼瞧著這一幕表演，不禁呆呆地出了一會神，心裡卻在凝思著：「這到底是誰家的別墅呢？」就在這時候，鐵門裡又走出一個中年婦人，後面還跟著一個小大姐。她們在湖邊眺望了一會，忽然，那中年婦人向著秦重的那副油擔，說道：「呀，巧極了！我們正要去買油，這裡卻好有一副油擔停著，你趕快去把油瓶拿出來，向他拷幾斤吧！」

「賣油的！賣油的！」那小大姐這樣喊著。

秦賣油這才如夢初醒似的，回頭對她們說道：「油早已賣完了；你們如果要，讓我明天給送來就是了！」

「好！我們家裡，每天要用好幾斤油，你要是順便的話，不妨常常給我們送些來！」

「可以！可以！要是常年生意，我還可以給你們一個特別折扣呢！」秦賣油居然也學得了一些生意經。

他眼望著那中年婦人進了鐵門，心裡暗暗地想：「這位太太，不知是剛才那位少女的什麼人？她要我常常送油去，不要說我是有錢賺的，即使沒有錢賺，只要常常能和那少女見一面，也就是天大的幸福了！」

他滿心歡喜地打算挑起那副擔子來走路了，驀然間來了一輛木炭汽車，喇叭撳得「啵！啵！」地響，很快地從秦賣油的身邊擦過，幾乎把他的兩隻油桶也撞翻了。秦賣油連忙向路旁一避，剛要跨上環湖馬路，只見那輛汽車，早已在那大洋房的鐵門外停下了。立刻，從車廂裡跳下一個僕人模樣的男子，對那汽車夫說道：「你在這裡等一下，讓我先去問一聲：那花魁娘子，在不在家？要是出堂差去了，我們總得設法去找著她，要不然，回頭一定又要聽老爺的罵聲了！」

秦賣油聽說，抬起頭來瞧瞧那鐵門上的幾盞蛋形大電燈，果然用紅漆髹著「花魁王美娘書寓」幾個大字。大約過了一刻鐘光景，那個剛才看見過的少女，身上加了一件春大衣，嫋嫋婷婷地走出來，跨上那輛汽車，風馳電掣地開走了。秦重所受到的，只是從車尾放出來的一股木炭氣味。

他挑著擔子，再向前走，心裡很有些不樂意，他想：「那樣一個好女子，怎麼竟掛著電燈招牌，看來總不是一戶正當的人家吧！」他走了不多幾步路，只見那邊臨湖一帶，有一家小酒店開著，他便走進去，揀了一個座位，向酒保要了一杯臭麥燒，沒精打采地剝著一盤五香豆，想借酒來消消愁悶。

「哦！你知不知道，那邊一幢大洋房裡，住著的是什麼人家？」秦賣油趁著那酒保替他斟酒時，這樣閒閒地問了一句。

「這本是囤棺材發財的齊大少爺的別墅，現在卻借給那老鴇王九媽住著。」那酒保說得很坦白。

「剛才有位年輕的小姐，坐著汽車出去了，她是什麼人呢？」秦賣油把自己的目的，終於宣露了出來。

「你不知道嗎？這王九媽，是一個著名的七十鳥，她在幾個月前，花錢買了這個女子，給她起了一個芳名，就叫做王美娘，人家卻都喊她花魁娘子……」那酒保停頓了一下，才又接續下去道：「朋友，我聽你講話，帶著一些汴梁口音，莫非是她的同鄉不成？」

「她也是汴梁人嗎？」秦賣油有些懷疑的樣子。

「是的，她也是從汴梁逃難出來的，聽說，在半路上，因為和她的父母失散了，竟被她家的一個舊鄰居，叫做卜大郎的騙了來，賣給王九媽的妓院裡了！——她本姓莘，原名叫做瑤琴，她的父親，是在汴梁城外開油鹽糧食鋪子的！」

「依你說，她既是好人家的兒女，怎麼肯做這下賤的勾當呢？」忠厚的秦賣油，表示著不相信的樣子。

「你是年紀輕輕的，哪裡會知道！從來老鴇的手段，最是厲害，一個女孩子既然落在她的圈套裡了，任你有怎樣的能耐，也逃不出來了。說到這位莘瑤琴小姐，當時何嘗不和她反抗過，可是，她終於暗暗地唆使出一個同行中的劉四媽來，不知怎樣硬嚇軟騙的一來，竟把她說得服服貼貼，自願在這書寓裡開始接客了。」

「這是什麼緣故呢？」秦賣油有些詫異。

「據說，她曾經提出一個條件，就是：等她找到了同心合意的對象，便得撤幟從良！」

秦賣油哦哦地應著，胡亂地已經把一杯臭麥燒喝完。他會過了賬，走出店門，一面挑起了那副油擔子，一面動腦筋盤算著：「這樣一隻美麗的小鳥兒，竟會淪落在這泥途中，真是可惜！」轉念一想，可又暗暗地笑著道：「幸虧她落在這妓院裡，只要能夠弄到一筆錢，總不難和她親近一下的！……」接著，又懊喪著道：「唉！算了吧！我的家產，就只有這副油擔子，哪裡配存著這種非分之想！——她所來往的，自然都是那些銀行經理、洋行買辦、暴發商人、賭場老闆……我是一個賣油的，就是有了整千整萬的鈔票，也買不到她的一顆心啊！」一會兒，他又安慰著自己道：「我即使得不到她的肉體，幸虧有了一個機會，常常可以到她那裡去賣油，借此多看她幾眼，也是值得了！」

他打定了主意，從第二天起，一早起來，吃過早飯，便挑了油擔，一逕趕到那花魁女的書寓裡去。這樣接連跑了個把月，油是賣掉了不少，但是，那花魁王美娘，卻從來沒有見過一次。

秦賣油為了這件事，灰心得幾乎要買瓶來沙爾來自盡了——倒是那些囤藥的朋友行了功德，把西藥的價錢抬得那麼高，因此，秦賣油反而為了買不起一瓶來沙爾，只得仍舊活下去。

時間的輪子滾著，滾著，它是決不會停留下來的。秦賣油這樣忙忙碌碌地幹了一年多，因為市面上物價飛漲的緣故，他靈機一動，早已看準了風頭，向幾家熟悉的油行裡，賒了幾十箱食油來，暗暗地藏在家裡。當他買進的時候，每箱不過花了二十多塊錢，過了一年以後，那數目竟會跳上了十多倍，在黑市場中，要賣到三四百塊錢一箱了。

在這期間，他雖然有時也和那花魁見到過幾次，可是，也只是在她上車下車，進進出出的時候。後來，因為和那老鴇王九媽也熟識了，他再也按捺不住，便涎著臉，向她問起那花魁的私生活來。

「她是那麼的忙碌，你怎麼會見得到她？」王九媽扳著手指，說道：「就拿今天來說罷，早在十多天以前，已有黃大少預約著，要帶她上卡爾登去看《秋海棠》；其實，這齣戲，她不止看過一次了，可是，為了生活，也不得不出去應酬一下；明天是她的過房爺五十歲生日，她自然又應該給他去拜壽；後天呢，更是不得了，有一家叫做什麼唱片公司的，要她去灌一張《滑油山》唱片；還有一家KKS咖啡館開幕，也要請她去剪綵……真是忙得連吃飯工夫也沒有了……」

秦賣油聽了這番訴說，心裡更是失望，他暗暗地想：「照這情形看起來，也許連要看她一眼的幸福也享受不到了。那麼，我天天跑著這條遠遠的路程，挑著這重重的油擔，又是何苦來呢？從明天起，還是少跑幾趟吧！」

最後幾個月，恰巧因為發生了大風暴，終於釀成了大水災，南北兩方的運輸暫時不能暢通，因此，有許多日用品，已經賣斷了檔，尤其使人恐慌的，就是每家人家天天不可缺少的食油，也是漸漸地接濟不上了。起初，只是價錢抬高，黑市貨要賣到一千多塊錢一箱，只是存貨有限，到後來，竟有出錢買不到貨的現象。不要說，平常吃慣油的有錢人家，每餐食難下嚥，同時也有患起便祕症來的；就是那些黃包車夫、娘姨、大姐……也因為吃不到一些油味，乾燥得連工作都提不起勁兒。

這一來，那個擁著幾十箱生油的秦重先生，卻頓時紅起來了；其中不知有多少人，想方設計地找了路子，情願把金條鑽石和幾家大公司的股票拿出來和他掉換生油，可是，結果卻一概給他拒絕了。

還有不少的摩登小姐，平日專門歡喜和電影男明星，或是話劇演員打交道的，現在也放棄了這種企圖，到處託人介紹，都想和秦賣油來交朋友，甚至和他見一次面，也認為是無上的光榮；和他握一下手，更好像就可以揩一些油來似的。秦賣油被她們纏不過了，他只得悄悄地把屋子下了鎖，暫時躲避到別地方去。

那個花魁王美娘，從小就在她父親的鋪子裡，吃慣了油，後來投身到這個風月場中，更是吃得非常考究，從來沒有斷過一天油，現在接連多少天，老是吃著那些清湯淡水的東西，委實有些熬不過去了，她便向王九媽提出了一個從良的要求；她的標準是：對方必須是一個能夠長期供給她食油的青年。

暗地裡藏著食油的黑市販子，雖然不止秦賣油一個，可是，提到「青年」兩個字，除了他，卻再也找不出第二個來。自然，具有做美娘丈夫的資格的，在這臨安城裡，也只有他一個人了。

王九媽是個勢利的小人，她平日總想把自己的養女，嫁著一個大紅大紫的闊人，以便從中撈他一票；現在看到了這個局面，也發生了「家產千百萬，不如油一擔」的感覺，她對於美娘的這個要求，因此也就不持反對的態度。所難的，倒是那個秦賣油，他既然是好久不上花魁的書寓裡來，那眾安橋的小屋子裡，也失了他的蹤跡，偌大一個臨安城，更到哪裡去找尋他呢？

到底還是美娘聰明，她說：「何不託廣告公司替我們在電臺上播幾天音，倘使有人找得到他，把他連人帶油，一概都歸我們所有，情願給他一筆極豐厚的酬謝！實在，這一晌，我乾燥得連皮膚也皺起來了！」當時，他們就找了一位廣告掮客，托他在Z電臺排了一檔節目。

這天晚上，那賣油郎趁著天色昏黑，獨自走出來，在新市場一帶蹓躂著。忽然，聽得一家大鋪子門口的無線電收音機裡，發出一段話來：

「諸位，現在我們要找一個人：他便是近來紅極一時的那位賣油郎秦重先生。要是有人知道他的下落，請向西湖昭慶寺前，花魁王美娘的書寓裡接洽！人到後，立刻酬謝現鈔十萬元……」

秦賣油隨他怎樣力自抑制著，到底他的心目中，已經深深地印著一個花魁女的影子，一輩子也磨滅不了。他聽到了這段播音，真是喜出望外，立刻就拔腿飛跑，向著王家書寓裡趕去。

這一晚，全書寓裡的人，都是歡天喜地，滿嘴吃得油光的光；鐵門上的那盞電燈，也除了下來。從此，那花魁女獨自占住了賣油郎，惹得那批摩登小姐，氣得臉兒紅紅的，再也不用去買三花牌的胭脂來擦了。

賣油郎獨佔花魁女故事，見《今古奇觀》。予草此文，早在兩月以前；今海上油荒情形，已成過去；惟此文以《花魁女獨佔賣油郎》為題，似尚饒趣味，故仍寄以實《萬象》。

——伯攸志於秋長在室

（《萬象》第二年第九期，一九四三年三月一日）

獅子吼

太陽已經從幾扇綠漆的鋼窗外面，直射到用巴黎花紙裱糊的牆上，那一朵朵金色的玫瑰花，更顯得燦爛可愛了。壁上那架奶油色的電鐘，兩支長短針，差不多就要在上方最中央的地方併攏來。可是，那銅床上，擁在鴨絨被中的那個健美的少婦，還是閉著兩隻細長的眼睛，很停勻地發著鼾聲。

外面一陣司潑靈鎖的旋動聲，接著，便有一個年青人，輕手輕腳地推門進來。他向床上望了望，不覺笑嘻嘻地扮了一個鬼臉，然後從那西裝口袋裡，掏出一幀摩登女郎的照片，正待把嘴湊上去吻它一下，忽然，床上的人翻了一個身，模模糊糊地說著囈語：「季常，你敢，偷偷摸摸的……」

這年青人正是姓陳，名慥，字季常的。他平日拈花惹草越是自命風流，他的夫人柳氏，卻越是潑辣妒忌，雷厲風行。在外面，隨他怎樣放蕩不羈，一回到家裡，就像一隻生活在貓兒窩邊的小老鼠，連動也不敢動一動。

這一天早晨，他原是借著研究佛學的名義，出去訪問他那白相朋友蘇鬍子——

蘇東坡，不料，那蘇鬍子，卻好起了一個早，到文藝茶室裡吃點心去了。陳季常深恐他夫人醒來查問，哪敢逗留，只得急急地趕回家來。當他聽到了柳氏夫人的囈語，還當她真的醒過來了，不覺嚇得心驚肉跳，連忙把那幀照片，胡亂地塞進了衣袋裡。不知他怎樣一來，竟把小茶几上的一隻乾隆窯的花瓶碰翻了。

這「拍」的一聲，卻把柳氏夫人從夢中驚醒過來；她睜開了那水汪汪的鳳眼一瞧，立刻皺著眉頭，現出滿不高興的樣子：「你見什麼鬼，大清老早地，便把別人吵醒了？唉！你難道沒有知道，昨天晚上，我在張公館裡打了一場麻將，直到半夜裡才回來，到此刻還睡不到個把鐘頭吧，你又……」

「我愛，請你原諒！這是我的魯莽，碰翻了一個花瓶，把你吵醒了！」陳季常恭恭敬敬地在床前鞠躬。

「算了吧！誰要看你這種假惺惺的樣子！——這時候，是幾點鐘了？」柳氏夫人不住地打著呵欠。

「還早，還早！」陳季常望著壁上的電鐘，「還只有十一點五十八分呢！」

「啊！十一點五十八分，不是快要吃午飯了？下午五點鐘，我還得趕上李府上的堂會，客串一出蘇三起解，怎麼你不早些喊我醒來？真糟糕，真糟糕！天下的男子，再沒有像你這樣沒用的——閒話少說，你趕快替我從櫥裡拿一雙長筒絲襪出來。」

「是！是！是！」

柳夫人忙從床上坐起，接過那雙絲襪來穿上了，然後趿著拖鞋，走進那間有衛生設備的套間裡去。

陳季常照著每天的老規矩，不用他夫人吩咐，便開了梳粧檯抽屜，把那些盥洗必需品，以及各式各樣的法國貨化妝品，都搬了出來，擱在梳粧檯上。

等到柳氏夫人從套間裡出來，陳季常更是卑躬屈節地伺候在一旁。

「怎麼，你忘記了？為什麼不喊朱媽給我倒洗臉水？」柳氏夫人圓睜杏眼，卻愈顯出她那俏龐兒的可愛。

「是！是！是！我該死，Sweat Heart，萬請息怒！」季常一邊說，一邊忙向壁間按動電鈴。

立刻，那個十分風騷的蘇州娘姨，登登登地走上了樓梯，掀起那個絲絨的門簾，踅了進來。

「怎麼，奶奶起來了，你還不知道？快！去倒洗臉水來！」陳季常表面裝得很嚴厲，可是，趁著他的妻不防備，卻又側過頭去，向那娘姨眨了眨眼睛，伸了伸舌頭。

柳氏夫人沒有注意到他們的無線電報，只是懶洋洋地踅到梳粧檯邊，坐了下來。她向那大圓鏡中顧盼了一會，隨手抓起一把象牙梳子，遞給了陳季常：「Dear！請你給我梳理一下頭髮！」

「OK！讓卑人來伺候便了！」季常一面拿起梳子，在她那燙得彎彎曲曲的頭髮上梳著，一面卻目不轉睛地偷覷著那鏡中的倩影：「娘子，我看你雲鬢雖亂，意態更妍，恍如宿醒太真，絕勝捧心西子，怎教人不愛煞！」他還是胡謅著那一套昆曲臺詞。

「我也不稀罕你虛詞奉承，只要你實心貼伏！」柳氏夫人也和他旗鼓相當地唱起昆曲來。

「呀！我的小鳥兒，我看你鏡中的影兒，真好像……」

「像哪個？」柳氏夫人回過臉來，瞪了他一眼。

「好像對門那個……小女伶……」

「哼！原來你看上了那個小娼婦，竟拿我來和她相比！」柳氏夫人立刻又放下了臉，伸過手去，重重地打了她丈夫一個巴掌，「你自己想想看，這樣的下流，該打不該打？」

「該打！該打！下次再不敢了，萬請好人息怒！」陳季常捧住了自己的紅臉，不住地討饒。

「誰是你的好人？我不愛聽這種甜言蜜語！」柳氏夫人說著，不知怎樣，忽然又注意到他的西裝口袋，便伸過她那纖纖玉手，趁她丈夫不防備，一把將它抓住了：「這是什麼？拿出來讓我檢查！」

「是……是……是……」

「是什麼？」她更進一步地，探手到口袋裡去一抽，立刻把那幀照片抽了出來，「哼，你越來越膽大了，這女人是誰？趕快從實招來！」

「這……這……這是一個朋友……辦小報的朋友，……他要……要捧這個舞女……託我去……做銅板的……」陳季常嚇得臉色發了白，戰戰兢兢地說，「Darling……我是……忠心於你……的……這事……和我……不相干！」

「拍！」又是一個巴掌，打在陳季常的臉上，比先前更增加了一度紅暈。

「喔唷唷！……這的確不關我的事……」他不住地撫著臉，同時在痰盂裡吐了幾口牙鮮血。

「我問你……下次敢不敢……？」

樓下「滴零零」的一陣電鈴響，接著又是一陣鐵門開闔聲，那個蘇州娘姨，在樓梯下喊：「少爺，少爺，有人來找你了！」

陳季常趁這機會才離開他的夫人，走下樓去。他踱進了客廳，只見蘇鬍子東坡家裡的男當差，正和那個蘇州娘姨在搭訕著。

「你是蘇老爺派來的嗎？可有什麼事？」季常一見面，就急切地問他。

「我們老爺說，今天是那個叫做琴什麼的……哦，琴操小姐，第一天進維蘇威舞宮，要你早些……」

「季常……季常……」不等那蘇家的男當差說完，那位柳氏夫人，嬌滴滴地在樓上這樣喊著。

「啊！啊！啊！糟糕，糟糕！你剛才說的『琴操』兩個字，一定是被她聽到了！」季常非常恐慌地瞪著那個當差的。

「季常……季常……」樓上繼續又喊起來。

「哦！哦！Darling！什麼事？」季常打發了那個當差的，無可奈何地跑上了樓梯。

「樓下是誰？找你有什麼事？」柳氏夫人不等他走上樓梯，就從房門口迎了出來。

「是蘇東坡那個醜鬍子，打發他當差的來請我。大約又要去和佛印和尚研究佛學了！」

「我不相信！像這樣花花柳柳的年青人，怎麼忽然會口口聲聲地談起佛經來？——告訴我，你們在什麼地方敘會，等會兒，讓我好來找你！」

「不忙，不忙！我要晚上才去呢！地點，當然仍舊在吉祥寺。那邊，雖然有著名素齋可吃，但是，女太太們，似乎有些不方便！……」

「哼！不要瞞我了，剛才那個當差的，不是已經說出『琴操』這個名字嗎？」

「噯！這是你聽錯了，他說的哪裡是『琴操』，他是喊著我的姓名——陳慥啊！」

「噢！一個當差的，可以這樣沒規矩，他竟敢直呼你的姓名……」

「這是他學著他主人的口氣說的！我愛，你不知道嗎？我當年和東坡同在洛中，曾和他結拜為盟弟兄，他長了我幾歲，當然我該尊他為兄。兄長直呼弟名，卻是古禮啊！」

「這些，我姑且不來管你！你應該對我說實話，到底你們研究佛學的地方，有沒有女人在座？」

「沒有！沒有！」

「要是胡調女人，你得當心，我決不饒恕你的！」

「當然，當然！倘使有女人在座，我情願受責！」

「好！你快到隔壁李大嫂家裡去，把昨夜她曾經打過李大伯的那塊毛竹板子借來，讓我預備著。」

「咳！咳！Dear！這叫我怎麼開得出口？」

「也罷！你既開不出口，就把你那根青藜的司的克交給我，才准你出門！」

「可以，可以！我去拿來就是！」

樓下又是那個蘇州娘姨的吳儂軟語：「少爺，奶奶，午飯可要開到樓上來？」

「你叫她開在客廳裡就是了！等我換好衣服，就下樓去！」柳氏夫人吩咐她的丈夫。

這樣一打諢，陳季常很是慶倖，倒把那找司的克的差使渾了過去。他關照了娘姨之後，回身進來，又陪著小心說：「我愛，今天預備穿什麼衣服？讓我給你拿出來！」

「衣服不用你管，你先替我把那雙高跟皮鞋擦擦乾淨！」柳氏夫人指著床前那個皮鞋盒子說，「吃過午飯，我就要出去，你再去交代根發，把那輛木炭汽車，趕快生起火來！」

陳季常忙碌了好一會，才把各事料理清楚，他心裡卻暗暗地喜歡：「這隻河東獅子，只要一出門去，非到半夜三更是不會想著回家的，那麼蘇鬍子託我給那紅舞星琴操小姐捧場的事，一定不會失信了。好在昨天我就得到了這個消息，預先已經定好了十打花籃。等她一走，我馬上打電話叫他們送去就是了！」

這夫婦倆，因為各人有著各人的事，所以，這頓午飯，吃得非常的快。當陳季常剛洗好了臉，燃起一枝茄力克，坐在那張沙發上，正在計畫著晚上的節目，只聽得門外一陣喇叭聲，那位柳氏夫人，早已坐了木炭車，直向李府上出發了。

在車子裡，柳氏夫人打算先把根發審問一下：

「這幾天，少爺可曾坐你的汽車出門？根發！」

「沒有！他每次出門，都是到外面去喊車子的！」

「真的嗎？」

「當然是真的！我根發，怎敢在奶奶面前說謊！」

「好！你很忠心，這是給你的！」柳氏夫人把一張一百元的鈔票，遞給根發了。「你送我到李公館以後，趕緊就趕回來，盯住少爺的梢，看他到哪裡去。你就來報告我！」

「是！是！謝謝奶奶！」

汽車很快的到了李公館門前，根發開了車門，讓他的女主人下了車，他便照著她的囑咐，立刻把車子開了回去。

陳季常不提防那隻河東獅子會有這麼一著棋的；他舒舒服服地打了一個中覺，醒過來以後，首先把鬍子刮得光滑滑的，然後獨自吃了晚飯，換上一套新做的西裝。他因為要避過家裡人的眼，故意放著自己的汽車不坐，卻打電話去叫了一輛三輪腳踏車來，乘著出去了。

鬼精靈的根發，他一一看在眼裡，暗暗地跟在他主人後面，直到那輛三輪車飛也似的駛過了十多家門面，他才開出那輛木炭汽車，不即不離地在後面跟蹤著。

他看清那三輪車在〇〇路的維蘇威舞宮面前停了下來，他便撥轉車頭，趕回李公館去向他的女主人報功，請賞。

柳氏夫人這時候正客串過蘇三起解，博得一個滿堂彩下來。她得到報告，心裡非常高興。於是，又是一疊鈔票塞進了根發的手裡了。立刻，她向主人告辭，鑽進了那輛木炭汽車，直向維蘇威舞宮駛去。

她一走進去，就有一個頭髮梳得很光亮的小郎，連忙把她引到靠壁的一張沙發上：「小姐，要喝些什麼嗎？」

「一杯熱咖啡！」她隨便說了一句，便坐了下來，目不轉瞬地向四處找尋著。

在天門臺的下面，被螢光燈照映得十分清楚的那張檯子上，正坐著一個年青人，擁著一個妖形怪狀的舞女，唧唧噥噥地談得非常親熱。

柳氏夫人看得很明白，那個年青人，不是她自己的丈夫陳季常，還有誰呢！她這一氣，猶如烈火上潑了一盆油，她不顧一切地趕過去，不聲不響地對著陳季常的脊樑，重重地打了一拳。

「季常，你好！你好！你瞞著我，竟在幹這種無恥的勾當！好！好！我和你拼了罷！」她又舉起手來，左右開弓，劈劈拍拍地向她丈夫接連打了十多個嘴巴。

「這，這……這都是蘇鬍子的不是，這，這，這琴操小姐，實在是蘇鬍子的龍頭，他幾次三番，求我來捧場，我才……」陳季常把檯子上的半杯麥退兒喝下了，壯了壯膽，才這樣分辯著。

「你們，你們都是一甏裡的醋，我不管，我只問你：那根青藜的司的克，你有沒有帶來？」

「我愛，司的克沒有帶來。我……我……我這次是初犯，請你饒了我罷！而且，在這眾目昭彰的地方！也不大像樣！」

「不能！不能！沒有司的克，就給我在舞池裡跪上一刻鐘。」

他們越鬧越凶了，全個舞廳裡的人，都被他們激動了起來。連舞池裡正在摟抱的雙雙男女們，也都停止了他們的步伐，回到自己的座位上，拉長了脖子看熱鬧。至於那位琴操小姐呢，早已溜進馬桶間，躲了起來。

柳氏夫人看見她丈夫還是一動不動的，並不遵照她的命令，更是氣得厲害，她便搶上一步，抓住他那西裝領帶，向舞池裡拉過去。

「啊！啊！我的好太太！跪一下，算得什麼呢！只是，你剛修理過的長指甲，要是抓傷了，那是我罪孽更重了！」陳季常顯得非常可憐的樣子。

柳氏夫人把季常拉到舞池中央，只喝了一聲：「還不跪下！」

那位怕老婆的都元帥，果然不敢違拗，並且也顧不得那套二千多元新做的西裝，竟是遵命跪了下去。

整個舞場裡，哄然地發出了一陣大笑聲。

「怎麼，怎麼，今晚上預備表演一個什麼節目？」一個洪亮的聲音，從舞場門口傳了過來。

「這是特別節目，精彩表演。」另一個人附和著吃豆腐。

「哦！是蘇老學士來了！」有幾個認識蘇東坡的，忙和他招呼：「你的朋友，被他的夫人罰跪在舞池中央，這還成什麼體統！你快去調解一下吧！」

「呀！有這等事！且讓我去見了陳家嫂子再說！」蘇鬍子就從人叢裡擠出來，一逕跑到柳氏夫人面前。

「陳家嫂子，這算什麼呢！你有什麼委屈，還是讓季常跟你回府去，慢慢地再說吧！」蘇東坡還想賣賣他的老面子。

「呸！蘇鬍子，我家季常，都是被你勾引壞的，用不著你來多嘴！」柳氏夫人挺胸凸肚的兩手叉著腰，向著蘇東坡面前撲過去。

「陳家嫂子，我是好意勸你，你別對我這樣潑辣！就是季常，他不過偶然上一次火山，來觀觀光，有什麼大不了的事！至於琴操小姐，她本是我的龍頭，和季常毫不相干，要你吃什麼寡醋！」

「你們這批狐群狗黨，我原知道不會做出好事來的；你教壞了人家的丈夫，還把這吃寡醋的罪名，加到我頭上來，真是無恥極了！鬍子，你還是少說幾句吧！」

「嫂子，你要知道這是公眾地方，不比在家裡，給人家瞧見了，成個什麼意思？嫂子，你還是馬虎一點。」蘇鬍子還想盡他的勸解之力。

「唉唉！東坡，我們陳家的事，不要你姓蘇的管，你還是少說幾句，免得連累了我！」忽然，跪在舞池中央的陳季常，也說起話來了。

全個舞廳裡，又是一陣哄然的嘩笑。

「這樣闒茸的男子，倒也少見！我是因為你做出這種醜態來，明天給小報上登了出來，不是連我們整個文藝界都坍了臺嗎？所以要替你說一句公道話啊！」蘇鬍子氣得連鬍子都幾乎翹了起來。

「怪不得，前幾天有人奏你譭謗朝廷，原來你是這樣歡喜管人家閒事！你們做文章的人，慣會興風作浪，沒有理由，也會說出一個理由來的。我也不和你來多纏了，你給我趕快滾出去，讓我再慢慢地來收拾這個渾蛋！」柳氏夫人指手劃腳地跳得八丈高。

「哼哼！潑辣貨！你識相些！到外邊來白相的男子，要多少？倘使每家的女人，都是要這樣的出來胡鬧，以後還有人敢開舞場嗎？——巡捕呢，巡捕到哪裡去了？……」蘇翳子也有些忍不住了。

「巡捕，我怕巡捕，也不會到這裡來了！老蘇，你且試試老娘的厲害！……」她說著，就向蘇東坡衝去，打算把他手裡那根鑲金的司的克奪下來。

蘇東坡覺得來勢險惡，他的右手立刻顫抖起來，一個不留神，那根司的克早已掉在地上了。柳氏夫人搶著拾起那根司的克，隨手就向著東坡頭上打去。

「喔唷！喔唷！果然厲害，連我都有些膽怯了！」蘇翳子抱著頭，飛快地向舞場外面逃了出去。

「忽聞河東獅子吼，拄杖落地心茫然！」他穿過了幾條馬路，又詩興勃發地這樣吟唱起來。

——一九四三・一・一，於秋長在室

（《萬象》第二年第十期，一九四三年四月一日）

試妻記

管弦鑼鼓的合奏，一陣陣從高樓上散播下來，使每一個在馬路上行走的人，都會抬起頭，向上面憧憬著。

這時候，〇〇遊藝場，正在演出各式各樣的玩意兒。

莊周，那個宋國的哲學家，他也打從那裡經過；不知怎麼一來，竟使他心血來潮地，也提起了去觀一次光的興致。他匆匆地乘了電梯，直到六層樓上，然後買了一張門票，踅進了遊藝場裡。

一處處表演遊藝的場所，都是嘈嘈雜雜地喧鬧著；尤其是那些大鑼大鼓的噪音，幾乎把這位哲學家的清靜頭腦攪亂了。當他經過第四劇場的時候，只見那舞臺上掛著一幅醒華劇團的繡幕，演員們正在起勁地搬演那出哄動全上海的時裝話劇，叫做《小山東到上海》的。那個扮小山東的丑角，他的動作和臺詞，多麼滑稽突梯，這位莊先生雖然不大歡喜那種低級趣味，但是，不由他不跟著大眾也哄笑起來。

他在一張籐椅上坐了下來，正想泡一杯清茶，慢慢地喝著，欣賞著，忽然，那邊窗口，傳來了一聲尖銳的喊叫：「救命呀！」同時，場子裡也頓時擾亂起來：

「殺死了人！」

「恐怖，恐怖！」

「啊，兇手逃了！」

「趕緊走，不要被連累了！」

那些膽子比較小一點的婦女，兒童，早已嚇得哭了起來；男人們也是搶先擠軋著，急忙打算離開這個是非窩。

莊周卻非常鎮定，他眼看著遊人走散了一大半，才走近窗口去偵察一下：那邊正圍著一個人圈子，大家議論紛紛地不知在討論一些什麼事；各人的臉色，都現著十分的緊張。莊周悄悄地踮起腳尖，向著圈子裡望去，只見一個穿著女招待制服的年青女子，血淋淋地躺在地上，臉色慘白得十分可怕；有幾個遊藝場的職員，在旁邊照料著她。

「怎麼一會事？」莊周忍不住向旁邊另一位女招待探問。

「是一件情殺案子！」

「怎麼知道？」

「剛才有人看見那個兇手，就是這裡唱申曲的那個蔣世明；這個死者，叫做蔣銀寶，卻是他的情人。」

「他為什麼要殺死她？」

「據說，在幾天以前，他倆就吵過架——因為蔣世明患著肺病，蔣銀寶便另外結識了一個青年男子，常常不回家去！」

「哦，是這樣一個女人，難怪那個兇手要氣憤起來了！」

莊周搖了幾次頭，嘆了幾聲氣，才沒精打采地走出了那個遊藝場。一路上，卻暗暗地在想：「上海的風俗，怎麼竟澆薄到這般地步！一個人要是在這種地方住得久了，難保不會沾染些習氣啊！」他這樣下意識地走著，走著，連電車也忘記乘坐，不知不覺地早已到了家裡。

他走進客堂，很疲憊地在一張沙發上坐了下來，還是不斷地在感嘆著「世風不古」。

他那第三次續弦的妻子田氏，本是齊國宗族的女兒，長得雪膚花貌，綽約多姿。莊周本來就覺得這個老夫少妻所組織的家庭，非常危險，現在親眼看到了遊藝場中的這幕慘劇，心裡更加不安起來。

「唉，唉！女人，是這樣楊花水性的——該殺，該殺！」莊周自言自語地非常同情那個蔣世明。

料不到他這幾句話，齊巧給剛從樓梯上走下來的田氏——莊太太聽見了，她氣沖沖地一腳跨進客堂，馬上提出了責問：「女人，你在說誰？為什麼該殺？」

莊周面對著嬌妻，哪敢怠慢，只得陪著笑臉，把剛才在遊藝場中所見的事，仔細說了一遍。

「你怎麼知道女人都是水性楊花的？」莊太太怒容滿面地：「男人有好有壞，當然，女人也同樣的有好壞。你是有學問的人，怎麼可以拿一個女人來包括全體女人？——你仔細想想看，你這話說得對不對？」

「是的，但願我的話說得不對就好了！」莊周冷冷地回答。

「這又是什麼意思？難道你的話一定說得對的？」莊太太嬌嗔著，「哼，哼，也許你從前那兩個女人，真是水性楊花一般的吧！」

「這不是空口白舌，隨便爭意氣的事！不過，我想，我的年紀差不多比你大上了兩倍，要是有一天發生了三長兩短，你不會把愛情移到別人身上去嗎？」莊周囁嚅地把自己的心意公開了出來。

「你不要這樣誣衊女人，輕視女人！再嫁，雖然是國家法律上所許可的，但是，像我這樣的出身於宗族的女人，難道會做這種喪廉寡恥的事嗎？」莊太太臉上，立刻顯出了一層驕傲的顏色，「只有像你這樣的男子，才是沒情沒義的：死了一個，再娶一個；休了一個，又娶一個；你以為別人也和你一般見識的嗎？」

「好，好！我只希望你，能夠永遠一心一意地愛著我就是了！」莊周表示著非常滿意。

過不了幾天，一重憂鬱的薄霧，又籠罩在莊周的臉上了。據他說：為了一件要緊的事，立刻要動身到楚國去，自然，他的憂鬱是為了捨不得和他的嬌妻別離。幸虧，經過莊太太再三的溫存，撫慰，他才趁了火車出發。

莊太太原是一個青年愛玩的娘兒們，她沒有嫁給莊老頭子以前，每天就只在娛樂圈子裡打旋；不是到電影院裡去消磨幾個鐘頭，就是邀幾個小姊妹來打一場千元底的小麻將；再不，那便得涉足舞池，去過一次「蓬尺」的老癮。

她的父親，僅僅為了愛慕莊週一點虛名，便把她硬生生地嫁給這老頭子做三填房。而且，莊周那副嘴臉，一直是道貌岸然的，像個專制魔王，他只准自己自由，卻不准別人享樂，使人一見他，就覺得討厭。因此，莊太太在表面上雖然敷衍著他，其實，背地裡只當他是一枚眼中釘。現在，聽他說要出門去，當然暫時又可以把她從束縛中解放出來。

大約是莊周離家後的一個星期，莊太太在○○俱樂部裡，把手上最後一枚鑽戒輸去以後，懊喪地剛回到家裡，那個新雇來的漂亮小大姐，立刻送上一封電報給她。

「哪裡打來的？」

「是楚國吧！我可沒有把它拆開來！」

「討厭！我懶得查電報號碼，你去把它翻出來就是了！」

「O，K！」小大姐像一隻蝴蝶那麼飄然而去。

莊太太獨自個抽著一支茄力克，躺在那張長沙發上納悶。

「太太，你不要吃驚；我把這電報中的消息報告給你！」小大姐的臉上滿布著悽惶之色。

「什麼事，值得這樣大驚小怪的！」莊太太很悠閒地用那塗著蔻丹的手指，彈去了一些香煙灰。

「我……我家老爺……急病故世了！」

「哦，我道是什麼事！——我問你：電報是誰發來的？」

「是一個楚國的王孫——並且說，他預備即日把老爺的棺材運回上海來！」

「噢！那麼，我該把這件新做的織錦緞旗袍，換上那件黑嗶嘰的了！」莊太太指著她的袍子，毫不動心地，「那倒也不壞，只是，暫時不能搽胭脂，塗蔻丹……可不成！」

「太太，那有什麼要緊！我告訴你：你只要學著外國人的派頭，在左臂上縛一條黑紗，不是一切都完事了？」

「嗯，你這主意打得不錯！」莊太太依舊笑顏逐開地。

當天晚上，她的左臂上雖然縛上了一塊黑紗，卻還是照著前幾天的老規矩，一逕逗留在舞場裡，跳著她的康茄舞。她從此越發肆無忌憚，朝朝暮暮，生活糜爛到了頂點。

時間的輪子，不知道又轉了多少轉，星期日突然又到。莊太太因為經過昨晚上通宵的狂歡，直到鐘上打過十一下，還是沉沉地酣睡在席夢思上，做著好夢。

「太太，太太，有客來瞧你！」終於給那心腹的小大姐喊醒了。

「是誰？」

「是個漂亮的青年！據他自己說，就是那個楚王孫；而且，老爺的棺材也由他運到碼頭上了！」

「唔，是個青年，真的漂亮嗎？我倒要去見見他！」莊太太一骨碌從床上翻身起來，來不及地洗臉，弄頭髮，擦胭脂，塗口紅。

等她從樓上下來，跨進那間客堂，便覺得眼前一亮，仔細瞧去，那站在沙發邊的，真是一個西裝筆挺的美少年。他那悲戚戚的臉上，還是掩不了那種風流瀟灑的風度。他見了莊太太，便恭恭敬敬地鞠了一個躬，親親熱熱地喊了一聲「師母」。

「我是一向欽佩著莊先生的才學的，所以，早就想拜在先生的門下，可惜，先生剛到我們楚國，就一病不起。現在，先生的靈柩，已經由我代運了回來！」那個年青的楚王孫，口才倒不壞。

「哦，哦！可是，他這次患的……」

莊太太讓他在沙發上坐下，那小大姐早已把茶煙送了上來。她在形式上，雖然好像聆取他報告著丈夫的病情，和終臨的經過，其實，兩隻俏眼兒卻是一霎也不霎地，盡向著那位楚王孫的身上打量著。

「先生現在是故世了，可是，我畢竟是他的一個最忠實的私淑弟子，思慕的情感，一時怎能撇得下，因此，暫時想在府上寄宿幾個月，一來呢，要替先師守喪百日；二來呢，想把先生留下的遺著和遺籍，借來拜讀一遍！……」

有了這兩個正經的大題目，莊太太當然滿口答應；她一面吩咐傭僕收拾出一間亭子間來給楚王孫安頓行李，一面又撿出那部莊周所著的《南華真經》和家藏的一部《老子道德經》，都送給了楚王孫。

吃過了一頓豐盛的午飯，看看天色已經不早了；莊太太才和楚王孫合坐著一輛三輪車，先趕到殯儀館裡去接洽了一番，然後再到碼頭上，把莊周的那口棺材，送到殯儀館裡去安置停當。

楚王孫開始向這位新寡的莊太太，田小姐進攻了，他說：「師母，你一定覺得肚子餓了吧！我們同到蜜蜜斯（Mimis）去吃些點心吧！」

「肚子倒並不餓！不過，你如果高興，我願意陪你去坐一會！」莊太太的心裡也巴不得和這位漂亮人多挨一會，同時，卻又嬌嗔起來，「只是我要提出一個條件，以後不准再喊我師母，我和你年紀差不多，莊先生又沒有真的教過你書，這樣，『師母』『師母』，怪難聽的！」

「那麼，我們怎樣稱呼呢？」是楚王孫的反問。

「隨你，你愛怎樣稱呼，就怎樣稱呼好了！」莊太太把一雙媚眼斜瞟了楚王孫一下。

他們在「蜜蜜斯」雖然只談了一個多鐘頭，卻已經像三年以上的老朋友那麼親密了。一個是花花公子，一個是熱情少婦，不論性情，嗜好，人生觀……沒有一樣不是志同道合的，因此，他倆互相都在慶倖，各自獲得了自己唯一的知己。

他倆每天每夜，都在忙碌中度過去的；他倆的行蹤，大都是在：咖啡座，大飯店，影戲院，話劇場，京戲館，跳舞廳和賭窟……凡是一般快樂的上海人所能享受的，他們也能享受得到。

愛的火焰，已在他倆之間燃燒著，尤其是那位新寡的莊太太，她屢次要向楚王孫坦白地把自己的心事表白一下，終於是礙於顏面，沒有實現。

是參加了一次盛大的家庭聯歡會回來，莊太太大約是貪喝了幾杯高價的Pommery酒的緣故，她那大膽的作風，顯然地比平日增加了幾倍。當她和楚王孫同坐在一輛三輪車裡，取道回家的時候，她竟情不自禁地倒在他的懷裡了。她那夾著酒氣的脂粉香，一陣陣地衝進這年青人的鼻子裡，使他也有些不能自持。

「大令！」她一向不敢喊出來的，到底這樣喊出來了，「你……愛不愛……我？」

「怎麼不！」楚王孫把她擁抱得緊緊地，幸虧，時間已是午夜，馬路上沒有人瞧見。

「你……你……為什麼不早說呢！」莊太太把她的櫻唇湊上去，接了一個長吻，「唉，你……害得我好苦！」

他們更進一步的工作，就是趕製結婚禮服，定印參觀婚禮的請柬……一切都已齊備，時間也臨到舉行大典的前夕了。他倆剛從市上買了一幅鴛鴦證書回來；那楚王孫一跨進門，忽然雙手撫住胸口，「啊唷！啊唷！」的叫喊起來。他蹙緊了眉頭，連腳步也移動不得。莊太太瞧著那心愛的人，這般痛苦，連忙扶著他，讓他躺在那張長沙發上。

「怎麼的，你好好地回來，怎麼害起病來了？」莊太太慌得在屋子裡團團轉，「讓我打電話去找醫生！啊，那張醫生的電話號碼是多少……忘記了，怎麼辦？」

楚王孫只是閉著眼睛，不住地搖著頭；這使莊太太更加急了，他忙喊著那小大姐，拿熱水瓶來，倒了一杯開水給他喝下，他才略略地平靜了一些。

「現在，你覺得怎樣了？」莊太太連忙向他探問。

「痛，痛，心裡痛！」

「你平常可有這病？」

楚王孫點點頭。

「平常發病的時候，怎麼醫治？」

「沒有……藥……可治……只有……一樣……東西……太醫院……的奇方……就是用……生人的腦髓……和熱酒吞……服……啊唷，啊唷……」楚王孫斷斷續續地說著，又喊起痛來。

「生人腦髓，這，從哪裡去找？」

「在家裡……總由我……父親……奏准……楚王……從監獄裡……撥出一名……死囚來……取……他的腦髓……啊唷，……痛！」楚王孫又喊叫起來，

「可……可是……現在……哪裡……去……找！」

「死人的不知道可用嗎？——我們那個死鬼，他故世還不到一百天，他的腦髓，大約還沒有乾枯，如果可用，我可以設法去取來！」

「有什麼……不可以……只是……你會……肯嗎？」

「你怎麼還說出這種話來？我和你，情投意合，就是我自己的身體，也可以為你犧牲，何況是這死人……」

她立刻叫傭人們，把那楚王孫抬上樓去，並且，讓出前樓的大床來給他睡眠。一面囑咐他們：當心照顧著他。她自己呢，趁著這暮色蒼茫，悄悄地向著一家熟識的木匠鋪子裡，借到一把鋒利的大斧，把它裹在那件皮大衣裡，乘著一輛人力車，一逕向那殯儀館裡趕去。

幸虧那殯儀館的鐵門，還沒有關閉，她借著要瞧瞧丈夫棺木的名頭，便毫無阻擋地溜了進去。

她找到了莊周的那口棺材，脫下了身上的皮大衣，卷起了旗袍的袖子，雙手舉起斧頭，就這樣看准了那條棺縫，咬緊了牙齒，一斧頭劈了過去。莊周那口棺木，本來是楚國缺乏木材的時候買的，只用幾塊薄板做成，經不起她幾斧頭，早就把那棺蓋劈開了，她正想再去找他的腦袋來劈，隨手便把她衣襟上吊著的那枝筆形電筒摘下來，向那口棺材裡照了一照。啊，真奇怪，這裡面哪裡有什麼屍身，竟連衣衾也沒有一件，所有的，只是半棺材的泥土和磚石罷了。

莊太太大失所望，剛要收拾了斧頭回家去，突然，有幾聲冷笑的聲音，從她背後發了出來；她連忙轉身去瞧，卻不是別人，正是她死了的丈夫莊周。

「你在這裡幹麼？」莊周盯住她一聲吆喝。

「我，我知道你今天要復活了，所以特地趕來劈開你的棺材，預備迎接你回去啊！」

「哦，你倒有這樣的好心！」

「難道是假的嗎？」

「好好，讓我回去再和你講個明白！」

他們倆就這樣走出了殯儀館，一路上，這位莊太太還在擔著心，只怕到了家裡，被他看到那個病著的楚王孫，怎樣辦呢！

莊周卻是氣昂昂地直走進家裡，他對著那梳粧檯的鏡子，略略地在臉上化了一會妝，然後把長袍一脫，竟又變成了一個西裝筆挺的漂亮青年了。

「我愛，你認識我嗎？」他嘻皮笑臉地對他太太說。

「啊，原來是子休，你怎麼這樣和我開玩笑？好好，從今天起，我們再來重做夫妻吧！」

莊周哈哈大笑敲著梳粧檯上那個搪瓷臉盆，唱起歌來：

「從今了卻冤家債，
你要愛我我不愛；
若要與你做夫妻，
怕你的巨斧會劈開天靈蓋！」

第二天，他倆一同出現在〇〇大律師的事務所中，終於訂立了一紙協議離婚據。莊周已經看透了人世間一切虛偽，他無掛無礙地離開了家，一逕往函谷關找尋老子談道去了。

一九四三・三・一〇，於秋長在室燈下。

（《大眾》一九四三年四月號，一九四三年四月一日）

臺灣版後記

為重寫中國兒童文學史做準備

眉睫（簡體版書系策畫）

二〇一〇年，欣聞俞曉群先生執掌海豚出版社。時先生力邀知交好友陳子善先生參編海豚書館系列，而我又是陳先生之門外弟子，於是陳先生將我點校整理的梅光迪講義《文學概論》（後改名《文學演講集》）納入其中，得以出版。有了這個因緣，我冒昧向俞社長提出入職工作的請求。俞社長看重我對現代文學、兒童文學研究的能力，將我招入京城，並請我負責《豐子愷全集》和中國兒童文學經典懷舊系列的出版工作。

俞曉群先生有著濃厚的人文情懷，對時下中國童書缺少版本意識，且缺少人文氣質頗不以為然。我對此表示贊成，並在他的理念基礎上深入突出兩點：一是以兒童文學作品為主，尤其是以民國老版本為底本，二是深入挖掘現有中國兒童文學史沒有提及或提到不多，但比較重要的兒童文學作品。所以這套「大家小書」，頗有一些「中國現代兒童文學史參考資料叢書」的味道。此前上海書店出版社曾以影印版的形式推出「中國現代文學史參考資料叢書」，影響巨大，為推動中國現代文學研究做了突出貢獻。兒童文學界也需要這麼一套作品集，但考慮到兒童讀物的特殊性，影印的話讀者太少，只能改為簡體橫排了。但這套書從一開始的策劃，就有為重寫中國兒童文學史做準備的想法在裡面。

為了讓這套書體現出權威性，我讓我的導師、中國第一位格林獎獲得者蔣風先生擔任主編。蔣先生對我們的做法表示相當地贊成，十分願意擔任主編，但他畢竟年事已高，不可能參與具體的工作，只能以書信的方式給我提了一些想法，我們採納了他的一些建議。書目的選擇，版本的擇定主要是由我來完成的。總序也由我草擬初稿，蔣先生稍作改動，然後就「經典懷舊」的當下意義做了闡發。可以說，我與蔣老師合寫的「總序」是這套書的綱領。

什麼是經典？「總序」說：「環顧當下圖書出版市場，能夠隨處找到這些經典名著各式各樣的新版本。遺憾的是，我們很難從中感受到當初那種閱讀經典作品時的新奇感、愉悅感、崇敬感。因為市面上的新版本，大都是美繪本、青少版、刪節版，甚至是粗糙的改寫本或編寫本。不少編輯和編者輕率地刪改了原作的字詞、標點，配上了與經典名著不甚協調的插圖。我想，真正的經典版本，從內容到形式都應該是精緻的、典雅的，書中每個角落透露出來的氣息，都要與作品內在的美感、精神、品質相一致。於是，我繼續往前回想，記憶起那些經典名著的初版本，或者其他的老版本——我的心不禁微微一震，那裡才有我需要的閱讀感覺。」在這段文字裡，蔣先生主張給少兒閱讀的童書應該是真正的經典，這是我們出版本套書系所力圖達到的。第一輯中的《稻草人》依據的是民國初版本、許敦谷插圖本的原著，這也是一九四九年以來第一次出版原版的《稻草人》。至於解放後小讀者們讀到的《稻草人》都是經過了刪改的，作品風致差異已經十分大。俞平伯的《憶》也是從文津街國家圖書館古籍館中找出一九二五年版的原著來進行重印的。我們所做的就是為了原汁原味地展現民國經典的風格、味道。

什麼是「懷舊」？蔣先生說：「懷舊，不是心靈無助的漂泊；懷舊也不是心理病態的表徵。懷舊，能夠使我們憧憬理想的價值；懷舊，可以讓我們明白追求的意義；懷舊，也促使我們理解生命的真諦。它既可讓人獲得心靈的慰藉，也能從中獲得精神力量。」一些具有懷舊價值、經典意義的著作於是浮出水面，比如孤島時期最富盛名的兒童文學大家蘇蘇（鍾望陽）的《新木偶奇遇記》；大後方為少兒出版做出極大貢獻的司馬文森的《菲菲島夢遊記》，都已經列入了書系第二批順利問世。第三批中的《小哥兒倆》（淩叔華）《橋（手稿本）》（廢名）《哈巴國》（范泉）《小朋友文藝》（謝六逸）等都是民國時期膾炙人口的大家作品，所使用的插圖也是原著插圖，是黃永玉、陳煙橋、刃鋒等著名畫家作品。

中國作家協會副主席高洪波先生也支持本書系的出版，關露的《蘋果園》就是他推薦的，後來又因丁景唐之女丁言昭的幫助而解決了版權。這些民國的老經典，因為歷史的原因淡出了讀者的視野，成為當下讀者不曾讀過的經典。然而，它們的藝術品質是高雅的，將長久地引起世人的「懷舊」。

經典懷舊的意義在哪裡？蔣先生說：「懷舊不僅是一種文化積澱，它更為我們提供了一種經過時間發酵釀造而成的文化營養。它對於認識、評價當前兒童文學創作、出版、研究提供了一份有價值的參照系統，體現了我們對它們的批判性的繼承和發揚，同時還為繁榮我國兒童文學事業提供了一個座標、方向，從而順利找到超越以往的新路。」在這裡，他指明了「經典懷舊」的當下意義。事實上，我們的本土少兒出版是日益遠離民國時期宣導的兒童本位了。相反地，上世紀二三十年代的一些精美的童書，為我們提供了一個座標。後來因為歷史的、政治的、學術的原因，我們背離了這個民國童書的傳統。因此我們正在努力，力爭推出真正的「經典懷舊」，打造出屬於我們這個時代的真正的經典！

但經典懷舊也有一些缺憾，這種缺憾一方面是識見的限制，一方面是因為審稿意見不一致。起初我們的一位做三審的領導，缺少文獻意識，按照時下的編校規範對一些字詞做了改動，違反了「總序」的綱領和出版的初衷。經過一段時間磨合以後，這套書才得以回到原有的設想道路上來。

欣聞臺灣將引入這套叢書，我想這對於臺灣人民了解大陸的兒童文學是有幫助的。林文寶先生作為臺灣版的序言作者，推薦我撰寫後記，我謹就我所知，記述於上。希望臺灣的兒童文學研究者能夠指出本書的不足，研究它們的可取之處，為重寫兩岸的中國兒童文學史做出有益的貢獻。

二〇一七年十月於北京

眉睫，原名梅杰，曾任海豚出版社策劃總監，現任長江少年兒童出版社首席編輯。主持的國家出版工程有《中國兒童文學走向世界精品書系》（中英韓文版）、《豐子愷全集》《民國兒童文學教育資料及研究》，主編《林海音兒童文學全集》《冰心兒童文學全集》《豐子愷兒童文學全集》《老舍兒童文學全集》等數百種兒童讀物。二〇一四年度榮獲「中國好編輯」稱號。著有《朗山筆記》《關於廢名》《現代文學史料探微》《文學史上的失蹤者》，編有《許君遠文存》《梅光迪文存》《綺情樓雜記》等等。

民國時期經典童書 A0801015

中國童話(上)

作　　者 呂伯攸
版權策劃 李　鋒

發 行 人 陳滿銘
總 經 理 梁錦興
總 編 輯 陳滿銘
副總編輯 張晏瑞
編 輯 所 萬卷樓圖書(股)公司
特約編輯 沛　貝
內頁編排 林樂娟
封面設計 小　草
印　　刷 百通科技(股)公司

出　　版 昌明文化有限公司
　　　　 桃園市龜山區中原街 32 號
電　　話 (02)23216565
發　　行 萬卷樓圖書(股)公司
　　　　 臺北市羅斯福路二段 41 號 6 樓之 3
電　　話 (02)23216565
傳　　真 (02)23218698
電　　郵 SERVICE@WANJUAN.COM.TW
大陸經銷
廈門外圖臺灣書店有限公司
電郵 JKB188@188.COM

ISBN 978-986-496-071-2
2017 年 12 月初版一刷
定價：新臺幣 320 元

如何購買本書：
1. 劃撥購書，請透過以下帳號
帳號：15624015
戶名：萬卷樓圖書股份有限公司
2. 轉帳購書，請透過以下帳戶
合作金庫銀行古亭分行
戶名：萬卷樓圖書股份有限公司
帳號：0877717092596
3. 網路購書，請透過萬卷樓網站
網址 WWW.WANJUAN.COM.TW
大量購書，請直接聯繫，將有專人為您服務。(02)23216565 分機 10

如有缺頁、破損或裝訂錯誤，請寄回更換

國家圖書館出版品預行編目資料

中國童話 / 呂伯攸著 . -- 初版 . -- 桃園市
: 昌明文化出版 ; 臺北市 : 萬卷樓發行 ,
2017.12
　冊 ;　公分 . -- (民國時期經典童書)
ISBN 978-986-496-071-2(上冊 : 平裝). --
ISBN 978-986-496-072-9(下冊 : 平裝)
859.08　　　　　　　106021765